최청 시나리오

오! 마이 갓

독자에게

독자여러분 안녕하신지요. 지금 세계는 코로나 열풍으로 온 인류가 감염에 대한 두려움과 공포로 나날을 보내고 있는 실정입니다.

하루 빨리 백신이 개발되어 두려움과 공포로부터 해방되기를 독자와 함께 기원합니다.

이번에 새로 출판된 '오 마이 갓'을 구입하신 고객님들께 머리 숙여 감사드립니다. 금번 출판된 단편소설 및 시나리오는 제가 9번째로 출판된 책입니다.

이 책은 3가지로 주제별 시나리오와 단편소설로서 시나리오는 '오 마이 갓'과 더불어 '1957 대한국민'과 '오 마이 갓'을 실었고 단편소설로는 '가족'을 실었습니다.

특히 단편소설 '가족'은 동물과 사람의 관계를 본 필자가 실지 체험한 사실을 담은 내용입니다. 고양이와 할아버지의 상호 친숙해가는 과정으로 끝내는 가족이 된다는 내용이고 사실입니다.

지구촌에는 반려동물을 가정에서 한가족과 같이 사랑을 주고받으며 살아가는 사람들이 많습니다.

여러 독자분께서도 아마 그러리라고 믿고 있습니다.

또한 '오 마이 갓' 시나리오도 제가 실제 겪고 보았던 실화를 바탕으로 엮는 시나리오입니다.

서울의 변두리에 동네에서 실제 일어난 일입니다. 이것을 시나리오로 엮어 보았습니다.

'1957 대한국민'은 해방과 더불어 6, 25동란을 겪었던 우리국민들의 이야기입니다. 미군부대 앞 작은 동네에서 실제 일어나 생활상을 극화해 놓았는데 그 당시 우리나라 민초들의 축소판이라고도 할 수 있겠습니다.

아무쪼록 많은 독자가 잃어주었으면 하는 바람입니다.

끝으로, 어려운 출판계에 이 책을 출판계 고글 연규석 사장님께 깊이 머리 숙여 감사합니다.

2020, 12, 9.

마포 월드컵로 골방에서
저자가 독자님께

차 례

최청 시나리오
오! 마이갓 7

최청 시나리오
대한국민 1957년 59

최청 단편소설
가족 217

오! 마이 갓

▣ **나오는 사람들**

민수(18세)   종철(19세)
가영(27세)   재현(18세)
민수엄마(46세)   순복네(45세)
성철(22세)   순철네(44세)
성철엄마(45세)   교장(50세)
성만(24세)   검사(30세)
덕연(46세)   재판장(45세)
인아(18세)   경찰 조사관
두성(26세)   동네 사람들
태웅(19세)   교육위원회 관계자
명생(18세)   소방운전자
종춘(18세)   그 외 다수

S# 1, ○○ 고등학교 정문 앞

고등학교 2학년 민수, 학교수업을 마치고 학교정문을 나와 자전거를 타고 출발한다.

화면에 '오! 마이 갓' 타이틀이 나오고 스탭, 케스트 소개된다.

S# 2, 또 다른 길

자전거를 타고 가로수 길을 신나게 달려가는 민수.

S# 3, 민수네 동네 길

어느덧 동네 길로 접어든 민수, 힘주어 자전거 페달을 밟는다.
길가에는 만개한 코스모스가 가을바람에 산들거린다.

S# 4, 공중에서 본 동네

산자락 밑에 약 200여 세대가 살고 있는 동네가 한 눈에 들어온다.
그 가운데 민수가 자전거를 타고 달리는 모습도 들어온다.
서울 변두리 동네로 여기저기 밭이 있다.
야산에 움막집도 보인다.

S# 5, 동네 길

민수가 자전거를 타고 동네 길을 달려간다.
멀리서 칠성이가 걸어오고 있다.
칠성 한쪽 손에는 만 원짜리 지폐 두 장과 숟가락, 젓가락,
지갑, 열쇠 한 꾸러미를 들고 걸어오면서 토끼뜀도 뛰기도
하고 춤을 추기도 하면서 혼자 중얼거린다. 한 눈에 봐서
정신병자가 틀림없다.

칠성 : (중얼거리며) 엄마가 좋다, 엄마가 좋타! (히죽거리며
웃는다) 엄마가 좋타, 엄마가 좋아!

민수, 아무렇지도 않은 듯 칠성이 옆을 지나쳐 간다.

S# 6, 민수네 집 부근 골목 길

스탭 캐스트 소개 끝나고
민수, 자전거를 타고 골목길로 접어들어 정원이 있는 집
앞에서 내린다. 자전거를 담벼락에 세어두고 대문을 열고
들어간다.

S# 7, 정원
대문을 열고 들어온 민수.
정원에서는 어머니와 동네 아주머니들이 김장을 하고 있
다. 소금에 절린 배추를 수돗가에서 씻어 큰 다라에 담는

동네 아주머니의 손길. 씻어놓은 배추 잎에 양념을 칠하는
분주한 손길.

민수엄마 : (민수를 발견하고) 이제오니…?

민수 : 네…. 벌써 김장해요.

민수엄마 : 벌써가 뭐니.

민수 : ….

민수엄마 : 딴 집들은 벌써 다 해치웠다. (씻은 배추에 양념
을 바르고 있는 순복이 엄마에게) 순복이네는 지난주에
했지 아마…?

순복이네 : 지난 월요일에… 한 나흘 지났나.

찬수네 : 맞아 지난 월요일 날이야 그날 우리 시아버님 제
사를 지내서 내가 기억해.

민수엄마 : 얘 민수야! 이리 와서 맛 좀 봐라 짠가, 짜지 않
은가…? 김치가 처음 담을 때는 짭짜롬해야 배추에서
물이 배어 나오면서 간이 맞지

민수 : … (김치를 먹어보고 입맛을 다시더니 아무 말 없이 집
안으로 들어가 버린다)

민수엄마 : 간이 맞는 것 같아. 쟤가 아무소리 없는 걸 보
니까!

순복이네 : 민수는 원래 저렇게 말은 없어도 심지가 굳어
요.

민수엄마 : 맛이 없으면 얼굴을 찌푸리는데 그냥 입맛을

다시는 걸 봐서 간이 맡는 모양이네.

순복이네 : 민수는 누굴 닮아서 저렇게 말이 없우?

민수엄마 : 닮긴…? 천성이 저렇게 태어났는 걸. 가만있자…. 칠성이 애미를 데리고 와서 일을 시켜야겠네.

한쪽 수돗가에서 절인 배추를 씻고 있는 순철네한테.

어머니 : 씻은 배추 양념 칠하게 저쪽으로 옮겨놓지.

순철네 : 알았어! (배추를 옮긴다)

민수엄마 : 난 저 위 움막에 가서 칠성이 엄마를 불러 올 테니까.

순철네 : 다녀와요.

민수엄마, 대문을 열고 정원 밖으로 나간다.
집 문을 열고 나오는 민수.

순철네 : 어디 갈려고…?

민수 : 네….

민수, 대문 밖으로 나간다.

순복이네 : 순철엄마, 저 아래 사는 인아엄마 말이야. 그 집에 드나드는 남자 말이야 인아엄마보다는 한참 젊어 보이던데 인아엄마가 45살인가 그렇고 그 사내는 스무 여 댓살인가 한다는데 한두 가지 수상한 게 아니

야. 혹시 얘기 못 들었어?

순철네 : 소문은 대충 들었는데 내 눈으로 직접 확인을 해
야지 소문이 확실한 건가…? 아무튼 뜬소문일 수도 있
고…?

순복이네 : 그 사내가 오는 날이면 그 집에서 이상한 소리
가 난다잖아?

순철네 : 아무리 자기보다도 훨씬 나이 어린 동생벌도 막
내동생격인데 그 짓이야 하겠어?

순복이네 : 그렇지, 아무리 욕정이 주체할 수 없다고 하드
라도 아래 사람하고야 그 짓거리 하려고…?

순철네 : 하기야 젊은 과부가 돼서 밤이면 남정네 생각도
더러 날거야.

순복이네 : 그 나이 땐 한참이잖아! 얼굴도 반반하니 그것
도 바치게 생겼고!

순철네 : 색골?

순복 : 그래. 색골!

두 아주머니 호호호 하고 웃는다.

S# 8, 집앞 골목 길

대문 밖으로 나온 민수.
세워둔 자전거를 타고 골목을 빠져 나간다.
길가에 핀 코스모스 길을 달려가는 민수.

S# 9, 동네 산자락

동네 동산을 올라가는 민수엄마
산자락에 움막이 보인다.
움막집 문을 열고 들어가는 민수엄마 방문 앞에 서서

민수엄마 : 칠성네, 칠성네 안에 있어…?
칠성네 : (방문을 열고) 네. 일거리 있어요?
민수엄마 : 응. 집에 가서 도와줘야 겠어.
칠성네 : (일어나 밖으로 나오며) 가시지요.

칠성네가 서슴치 않고 문을 열고 나온다.
칠성네도 정신병 환자라 그런지 머리는 헝클어지고 알몸
에 가운을 걸치고 있다. 민수엄마가 그 모습을 보고 기겁
을 한다.

민수엄마 : 아니 이 사람아! 아무리 정신이 올바르지 않다
고 해도 그렇지 옷은 제대로 입고 나와야지 원 사람
도. 어서 방으로 들어가 속옷입고 나오게!

칠성네가 옷을 갈아 입고 나오자 민수엄마는 칠성네를 데
리고 움막집 밖으로 나간다.

S# 10, 동네 산자락
칠성네를 데리고 산자락을 내려가는 민수엄마.

S# 11, 공원

공원 벤치에 민수, 인아와 나란히 앉아있다.

민수 : ….

인아 : 그니까 내 말은 우리 둘 사이는 어떤 사이냐 말이
야. 내 말뜻 알아듣겠어? 나는 너를 그냥 친구라고 생
각하지는 않아 지금까지 너를 사귀면서 쭉 그렇게 생
각하면서 너를 만났어. 그런데 너는 내 생각하고는 다
른 것 같애. 뭔가 네가 나를 보고 느끼는 것이 다른 여
자애들 대하는 기분과 똑 같다는 생각이 들어서…?

민수 : … 그것 때문에 만나자고 한 거니…?

인아 : 응. 태도를 분명히 했으면 좋겠어!

민수 : …….

인아 : 민수야? 말 좀 해봐. 나를 어떻게 생각하는지…?

민수 : 그냥 이렇게 지내면 안 되냐…?

인아 : 응. 이건 아니야. 그냥 이렇게 지낼 수는 없어. 나는
견뎌 낼 수가 없어. 나에 대한 감정을 솔직히 털어나
봐!

민수 : 난 너를 좋아해. 그리고 너를 항상 친한 친구로 생
각하고 있어.

안아 : 친한 친구라고…?

민수 : 응.

인아 : 그럼 사랑하고 있지는 않다는 말이네.

민수 : …….

인아 : 그렇지…? 내 말이 맞지? 좋아는 하지만 사랑하지
    는 않고 있다는 것이?

민수 : …….

인아 : 그럼 난 뭐니…? 난 너한테는 뭐야?

인아가 민수를 노려본다.
한동안 민수를 노려보던 인아의 눈동자에 눈물이 고인다.

S# 12, 학교 복도

교실 앞 문 위에 2학년 3반 팻말이 보인다.
창문을 통해 교실 안 모습이 보인다.
교장선생님이 한 여선생을 학생들에게 소개하고 있다.

S# 13, 교실 안

민수가 학생들 틈에 앉아서 새로 부임해 온 여선생을 바라
본다.

교장 : 선생님이 너무 예쁘죠?

학생들 : "네 예뻐요!"

교장 : 앞으로 너희들 담임 선생님이니까 선생님 말씀 잘
    듣고 말썽 피우는 일 없도록 해요. 알았지!

학생들 : "네!"

교장선생님이 새 담임 선생께 미소로 인사하고 교실을 나
간다.
담임 선생은 교장선생님을 문까지 배웅한다.
담임 여선생(한가영)은 교단에 올라가 칠판에 '한가영'이
라고 쓴다.

가영 : 여러분 안녕하세요. 오늘부터 여러분 담임을 맡
게 된 한가영입니다. 앞으로 여러분들이 3학년 올라
갈 때까지 담임을 맡게 되었습니다. 저는 영어가 전
공으로 여러분 께 앞으로 영어를 가르치게 될 것입니
다. 저는 오랫동안 미국에서 생활하며 그곳에서 학교
도 졸업했지요. 박사 과정이 있었지만 석사과정까지
만 마치고 귀국해서 여러 분과 인연을 맺게 되었네요.
잘 부탁하고요. 그럼 차차 여러 학생들의 이름은 기
억하겠지만 오늘은 첫날이니까 우선 여러분들이 각
자 자신의 이름을 밝히는 시간을 갖기로 하겠습니다.
그럼 이쪽 줄부터 할까요.

학생들이 각자 자신의 이름을 밝힌다.
민수는 새로 담임을 맞게 된 한가영 선생의 미모에 현혹
된 듯 뚫어지게 바라보고 있다.

S# 14, 대로

오토바이 달리는 소리 요란하다.

헬멧을 쓴 젊은이가 오토바이를 몰며 빠르게 달려간다.
그 뒤를 이어 네 명의 오토바이 운전자가 앞차를 뒤쫓아
달려며 앞서거니, 뒷서거니 달려간다.
태웅, 명생, 종철, 수광, 종춘 등이다.
종춘이가 운전하는 맨 뒤로 달리는 오토바이 뒷좌석에 인
아가 앉아 머리카락 날리며 달려가고 있다.
조폭 고등학교 부유층 자제들이다.

S# 15, 어느 공터

오토바이들이 공터에 와서 멈춘다.
담배를 태우는 태웅, 명생, 종철, 수광, 종춘 등이 담배도
태우고 캔맥주도 마시며 잡담을 늘어놓고 있다.
그 틈에 인아도 담배를 태운다.

태웅 : 인아야 우리들이 손 좀 봐줄까…?
인아 : ……!
태웅 : 그럼 그렇게 알고 있을게!

태웅, 캔 맥주를 따서 인아에게 건넨다. 캔 맥주를 받아 마
시는 인아. 오토바이에 '으르릉' 시동을 건다.

S# 16, 차도
요란한 소음을 내며 폭주족처럼 달리는 오토바이들
종춘의 오토바이에 인아가 뒷자리에 앉아 머리카락 날리

며 달려간다. 지나가는 차량들 오토바이의 위험한 질주에
항의하듯 클랙션 소리 울린다.

S# 17, 인아네 집

정원이 보이는 숙희네 집.
덕연과 두성 정문을 열고 밖으로 나와 승용차에 올라 출발
한다.

S# 18, 거리

차도를 달리는 승용차.
대로에 수많은 차량들 틈에 덕연의 차량도 보인다.

S# 19, 대형마트

잘 정돈된 진열장에 각가지 상품들이 진열되어 있다. 상품
을 담는 장바구니(캇트)에 상품을 골라 담는 덕연과 두성.

S# 20, 차도

수많은 차량들이 질주해 간다.
그 속에 덕연의 차량도 보인다.

S# 21, 승용차 실내

덕연, 운전하고 있고 두성, 조수석에 앉아

덕연 : 어르신들이 재촉하는 것도 당연하지. 너는 네 집안
　　에 삼대독자 외아들이니까….

두성 : 그래서 고민이라니까?

덕연 : 고민할 게 뭐있니, 장가를 가면 되지.

두성 : 그럼 누나는 내가 장가가도 괜찮다는 거지?

덕연 : ……?

두성 : ……?

덕연 : 내가 생각해 둔 게 있으니까 염려 마!

두성 : … 생각해 둔 게 뭔데?

덕연 : ……

두성 : 알면 안돼? 내 문젠데…?

덕연 : 다 방법이 있어.

두성 : 무슨 방법…? 아 참 답답하네.

두 사람 대화를 나누는 사이에 어느 덧 집 앞에 승용차가
도착했다.

S# 22, 한척한 공터

민수가 날라 오는 주먹에 턱을 맡고 나가떨어진다.
오토바이 소리 요란하다.
주변에 학생조폭들이 민수를 둘러쌓고 민수를 폭행하는
중이다.

그들 틈에 인아가 담배를 태우고 있다.

민수 일어나 자신을 가격한 학생조폭 태웅을 향해 주먹을 날린다.

민수의 주먹을 맞고 쓰러지는 태웅.

태웅이가 민수의 주먹에 쓰러지자 조폭학생들이 일시에 민수를 공격한다.

다시 쓰러지는 민수. 이마가 찢겨지고 입술에서는 피가 흐른다.

혼자서 조폭학생들을 상대하기가 만만치 않다.

민수는 맞으면서도 계속 주먹을 날리지만 역부족이다.

맞아 쓰러지면서 무릎을 꿇고 일어나는 민수.

무릎을 꿇은 민수에게 잔인하게 발길질하는 조폭학생들.

무방비 상태로 발길질 당하는 민수.

한쪽에서 담배를 태우던 인아가 민수를 발길질 하는 학생들을 저지한다.

조폭학생들은 오토바이에 올라탄다.

조폭A : 인아야 어서 타!

인아가 오토바이에 오르고 조폭학생들 요란한 오토바이 소리 내며 위협적으로 민수의 주변을 돌다 사라진다.

S# 23, 병원
병원이 보인다.

S# 24, 병원 입원실

민수가 침대에 누어있다.
팔 한쪽을 기부스하고 있고 눈가도 멍이 들어있다.
입원실 문이 열리고 인아가 들어온다.

인아 : (민수 곁에 와서) 좀, 어때?
민수 : …….

민수 아무 말 없이 인아를 외면한다.
잠시 침묵이 흐르고.
인아가 핸드백에서 카드봉투를 끄집어내어 침대 옆에 놓
는다.

인아 : (민수가 아무 반응이 없자) 나, 갈게….

인아가 병실을 나간다.
병원 현관으로 민수엄마 들어온다.
병원 복도에서 마주친 인아와 민수엄마.

인아 : 안녕하세요.
민수엄마 : 민수보고 가는구나. 결혼 한다며…?
인아 : (고개를 숙이며) 네….
민수엄마 : 축하한다. 결혼식 날 민수랑 갈게.
인아 : 고맙습니다.

민수엄마 : 어서 가봐라!

인아 민수엄마에게 인사하고 돌아선다.

S# 25, 입원실

민수엄마 : (인아가 두고 간 청첩장을 만지작거리며) 나이도 어린데 벌써 시집을 보내다니…. 신랑이 인아엄마하고 맺은 수영 동생이라고 하던데 그 남자인가 보더라. 동네에서는 그 남자하고 인아엄마 사이가 보통사이가 아니라고 수군거리는데 그건 사실이 아니었던 게지. 아무리 자기 외동딸을 자신과 관계가 있었던 남자한테 보낼 리가 있겠니…? 다 말하기 좋아하는 사람들이 꾸며낸 얘기지 뭐…!

민수 : ……

민수엄마 : 안 그렇니…?

민수 : ……

S# 26, 병원 복도

민수 담임 선생 가영이가 과일바구니를 들고 민수가 있는 입원실로 들어간다.

민수엄마 : 아이고 선생님이 여기까지 오셨네요.

가영 : 좀 어떠니…?

민수 : (침대에서 일어나 앉는다)

민수엄마 : 이제 많이 좋아졌어요. 의사선생께서 다음 주 퇴원하라고 하시네요.

가영 : 회복이 빠르군요. 이만하기 다행입니다. 민수야, 이젠 괜찮지…?

민수 : 네. 고맙습니다. 선생님!

가영 : 퇴원하면 집에서 몇 일간 쉬다 나와. 그리고 밀린 수업은 내가 학교수업 끝나고 집에서 가르쳐 줄테니까 너무 신경 쓰지 말고… 알았지?

민수엄마 : (황송해서) 뭘 그렇게 까지… 너무 죄송합니다. 선생님.

가영 : 별 말씀을요. 대학도 가야하고 수능시험도 쳐야 되는데 밀린 수업은 받아야지요. 그리고 민수는 힘내서 빨리 쾌차하고….

민수 : 네.

S# 27, 인아네 집

인아네 집이 보인다.

S# 28, 집안 거실

인아 엄마 덕연이가 창가에서 창밖을 바라보고 있고 두성은 소파에 앉아 있다. 나이가 20년 차이가 난다. 덕연이 나이가 48세, 두성이 나이가 28세로 이 둘은 나이와 관계없이 특별한 관계다. 하지만 둘 사이의 관계는 가족은 물론 주변사람들에게도 수양남매 사이로 알려져 있다.

덕연 : 집안에서 선을 보라고 독촉이 심하면 하는 수 없지 뭐. 선을 보는 수밖에…

두성 : 집안의 어르신들이 부모님한테 재촉을 하며 호통이 심하시다고 그러내요. 그래서 누님하고 관계도 그렇고 고민이 많아요.

덕연 : 고민할게 뭐 있어 선을 보면 되지. 그리고 결혼은 안하면 될 것 아니야.

두성 : 삼대독자라고 빨리 결혼해서 손을 봐야 된다고 독촉이예요.

덕연 : 나두 밤새껏 고민을 해봤는데 우리 인아가 어때…?

두성 : 인아요?

덕연 : 응, 인아… 맘에 들지. 인아 정도면? 인물, 몸매 빠지는 것 없고 게다가 자기를 삼촌, 삼촌! 하고 잘 따르잖아.

두성 : 나야 뭐 인아 정도면….

덕연 : (눈을 흘기며) 저거 봐, 저거… 하여튼 남자들이란 그럼 인아 정도면 좋단 말이지? 그럼 잘 됐어. 내 저녁에 인아가 돌아오면 넌지시 동생 얘기를 해서 승낙을 받아놓을게. 그 문제는 가닥이 잡혀가니까 됐고… 우리 그 동안 일 핑계 되느라고 마주 볼 수도 없었잖아.

S# 29, 동네 길

칠성이 춤을 추며 오고 있다.

칠성 : (여전히 손에는 지갑, 돈, 수저, 젓가락, 열쇠꾸러미 등
　　　을 쥐고 있다) 나 집에 간다. 나 집이 좋다.

칠성, 토끼뜀 뛰기도 한다.
인아네 집 앞을 지나간다.

S# 30, 인아네 집 사랑방

인아가 결혼하면 살 신혼 방을 도배하고 있다.
민수 엄마가 도배 풀을 바르고 덕연이와 인아가 도배를
한다.

덕연 : 똑바로 펴서 나를 줘야지.
인아 : 이렇게
덕연 : 그래.

인아 방에서 유리창 밖으로 민수가 자전거를 타고 지나가
는 것을 인아가 발견한다.

인아 : (민수엄마에게) 민수가 이만 때면 매일 나가는데 어
　　　딜 저렇게 매일 가는 거예요…?
민수엄마 : 응 그거… 그동안 민수가 병원에 입원해 있으
　　　면서 수업을 못 받았잖아 그래서 담임 선생님 있잖아

그 이쁜 선생님 말이야, 그 선생님이 선생님 댁에서 민수를 과외 공부 시키고 있데!

인아 : 매일 저녁 나가던데 그럼 지금껏 거기 가는 거예요?

민수엄마 : 수능 시험이 코 앞인데 수능 점수가 좋아야 대학을 갈게 아니냐? 그래서 선생님이 과외공부 시키고 있다니까 그러네.

인아 : 아, 네… (인아의 눈빛이 질투에 빛난다) 아 그래서 매일 저녁 밤이면 저렇게 열심히 나가는구나, 선생 댁으로….

덕연 : 선생님이 고맙기도 해라!

민수엄마 : 그러게 말이야! 어느 선생님이 그렇게 열심히 가르쳐 줄려고 그러겠어?

인아의 회상 (가영의 승용차 안)

가영이가 운전하고 있고 뒷좌석에 민수와 인아가 나란히 앉아 있다.
승용차가 민수와 인아네 동네로 와서 멈추고 민수와 인아가 내린다. 가영이 차장 문을 열고.

가영 : 내일 학교에서 보자.

민수 : (고개 숙여 인사하고) 네. 안녕히 가세요.

가영이 출발해서 멀어져 간다.

인아 : (사라져가는 가영의 승용차를 한동안 바라보더니) 난…
　　　저 여자가 싫드라…
민수 : 선생님보고 저 여자가 뭐니…?
인아 : 넌 저 여자가 좋아?
민수 : 좋고 나쁘고가 어데 있어 선생님 가지고…?

회상 끝나고.
멍청히 생각에 잠기는 인아.

S# 31, 어느 동네 길

민수가 동네 골목길을 오고 있다.
창문이 보이는 주택에 자전거를 멈추고 그 집 담벼락에 자전거를 세운다.
벨을 누르는 민수
벨 스피커에서 "누구세요" 하고 여자의 목소리 들린다.

민수 : (벨 스피커에 입을 바짝 대고) 저 민수예요.

문에서 찰칵 소리가 나며 문이 열리고 가영선생이 얼굴을 내민다.

가영 : 응, 어서 들어와.

민수, 가영이 집안으로 들어간다.

가영이 문을 닫는다.

S# 32, 한남동 부자촌 동네 길(밤)

민수가 담벼락에 붙어서서 조폭학생 명생이를 기다리고
있다.
잠시 후 오토바이 소리 요란하게 들리고 명생이 나타난다.
민수가 재빠르게 명생의 곁으로 다가간다.

민수 : 나 좀 보자.
명생 : (당황한 듯) 밤늦게 무슨 일이야?
민수 : 조용한데로 가서 얘길 하지, (앞장서며) 따라와!
명생 : (오토바이를 세워놓고) 할 말 있으면 여기서 해!
민수 : 따라와!

S# 33, 공터

민수가 뒤따라오는 명생을 돌아서며 주먹을 날린다.
민수의 주먹에 나가떨어지는 명생.

민수 : 일어나 덤벼! 일대일로 붙어보자! 비겁하게 패로 덤
비지 말고… 덤벼, 이 새끼야!

명생, 엉거추춤 일어나 주먹을 쥐며 폼을 잡는다.
민수가 돌려차기로 명성의 뺨을 후려친다.

나가떨어지는 명생, 코와 입에서 피가 흐른다.
사정없이 명생을 향하여 주먹을 날리는 민수.
명생의 눈가가 찢어져 눈가에서도 피가 흐른다.
민수가 결정적인 주먹을 날리자 명생 나가떨어져 꼼짝을
못하고 넉다운 된다.
명생이 일어날 기미를 보이지 않자 한쪽에 세워둔 자전거
를 타고 유유히 사라지는 민수.

S# 34, 한적한 공터

민수와 조폭학생 태웅이와 일대일 격투가 벌어진다.
싸움에서 밀리는 태웅, 주머니에서 잭 나이프를 꺼내 민수
를 위협한다. 태웅의 잭 나이프를 피하는 민수,
민수, 돌려차기로 태웅의 손에 들었던 잭 나이프를 걷어차
칼이 멀리 바닥에 떨어지고 민수가 또 다시 태웅을 향해
돌려차기를 하자 태웅, 민수의 발등이 태웅의 얼굴을 후려
쳐 비틀거린다. 민수 기회를 잡은 듯 태웅의 얼굴을 사정
없이 난타한다.
드디어 태웅, 민수의 주먹을 얻어맞고 눈이 풀린 채 땅바
닥에 쓰러진다.
민수 자전거를 타고 유유히 사라진다.

S# 35, 어느 공터
조폭학생 종춘, 민수 앞에 무릎을 꿇고 발발 떨고 있다.
민수가 약해빠진 조폭학생 종춘의 가슴을 발길로 내지른

다.
벌렁 나가떨어지는 종춘.
민수가 종춘의 상체를 이르켜 면상을 후려진다.
기절해버리는 종춘.
민수가 한 쪽에 세워둔 자전거를 타고 사라진다.

S# 36, 교회

'하나님소통교회' 라는 간판이 보이는 교회.
사이비 종교다.

S# 37, 교회 안

교인들이 미친 듯이 광란에 빠져 오 주여! 하며 기도를 드리고 있다.
잠시 후 모든 교인들이 기도를 마치고 조용해진다.
목사가 교단에 등단한다.

목사 : 우리 종교는 세계에서도 유일하게 하나님의 은혜를
        입은 하나님과 소통이 통하는 교회입니다.

목사가 설교하는 동안 신자들은 열심히 귀 기울이며 경청하고 있다.
그 신자들 틈에 덕연이와 두성 나란히 앉아 예배를 드리고 있다.

목사 : 하나님과의 소통은 어떻게 해야 이루어진다고 했지요…? 하나님께서는 소통의 방법을 남녀 간 성관계를 통해서만 이뤄진다고 하셨습니다. 비록 성서에는 구체적으로 기록되지는 않았지만 추상적으로 '많은 자손을 퍼트릴 것이다'고 말씀하고 계십니다. 그 말씀이 얘기하고 있는 것은 남녀 간의 성교에서 쾌감의 극치에 도달함으로써 드디어 하나님과의 소통이 시작된다는 뜻이기도 합니다. 신자들 목사에 설교에 고개를 끄떡이고 '오 주여!'를 부르짖는 신자들도 있다.

목사 : 그래서 오늘도 하나님과 소통을 원하는 성도들께서는 예배가 끝난 다음 집으로 돌아가지 마시고 교회에 남아 서로가 뜻이 맞고 맘에 드는 성도와 함께 하나님의 유일한 성전에서 성교를 통해 하나님과 소통하시기 바랍니다.

덕연과 두성 서로 마주 바라보며 고개를 끄떡인다.

S# 38, 어느 공터

민수와 종철 일대일로 혈투가 벌어지고 있다.
이번에 상대하는 종철은 만만한 상대가 아니다.
몸이 다부지고 평소에 운동을 한 탓에 민수가 상대하기에는 힘이 붙는다. 종철이 민수를 향해 주먹을 날리자 민수 종철의 주먹에 턱을 맞고 뒤로 넘어진다.

민수, 다시 몸을 가다듬고 종철을 향해 돌진한다.
머리로 종철의 가슴을 들이 받는다.
이번에는 종철이가 쓰러진다.
둘이 옥신각신 상대방의 몸 위에 선점을 하기 위해 싸운
다. 종철이 민수의 가슴위에서 주변의 돌을 주어 민수의
머리를 가격하려는 순간, 돌을 피하고 발로 종철의 아랫도
리를 걷어찬다.
민수의 발차기에 벌렁 나가떨어진 종철,
기회를 놓치지 않고 종철이 가슴에 올라타고 사정없이 난
타질 한다. 종철의 눈가가 찢어지고 코와 입에서는 피가
흘러내린다.
종철이 넉 다운 된 것을 확인한 민수, 때리기를 중단하고
세워둔 자전거를 타고 사라진다.

S# 39, 거리

빗줄기가 세차게 쏟아져 내린다.
하늘에서는 천둥과 번갯불
수광, 억세게 내리는 비오는 거리를 오토바이를 타고 질주
한다.

S# 40, 큰 골목길

빗길에 오토바이를 타고 큰 골목길로 접어든 수광.
계속 달려간다.

순간, 누군가가 오토바이를 타고 달려가는 수광이를 향해 점프하며 쾅하고 부딪친다.
빗길에 미끄러지듯 오토바이와 함께 나가떨어지는 수광.
민수도 함께 나가떨어진다.
수광, 민수를 순간적으로 발견하고 도주한다.
수광을 향해 뒤 쫓아가는 민수.
수광, 한동안 도망가다가 축대 밑 길로 뛰어내린다.
넘어지는 수광. 다시 몸을 일으켜 도주한다.
민수도 축대를 뛰어내려 계속해서 수광을 추격한다.
뛰어내리는 바람에 다리를 절뚝거리며 도주하는 수광.
얼마 못가 민수에게 덜미를 잡히고 만다.
주먹을 날리는 민수.
민수의 주먹에 나가떨어지는 수광.

S# 41, 공터(회상)

민수가 조폭학생들의 주먹으로 얻어 맞는다.
넘어진 민수, 조폭학생들이 발길질 한다.
코와 입에서 피가 흘러내린다.

S# 42, 큰 골목길

천둥과 번갯불.
민수가 쓰러진 수광의 가슴에 올라타고 수광의 얼굴을 사정없이 가격한다.

수광의 입과 코에서 피가 흐른다.

S# 43, 공터

넘어진 민수에게 조폭학생들의 무자비한 발길질.

S# 44, 큰 골목길

억수같이 쏟아져 내리는 비.
민수가 수광에게 결정적인 주먹을 날린다.
민수의 주먹에 완전히 넉 다운 되는 수광, 눈이 풀린다.
민수가 숨을 헐떡 거리며 한동안 넉 다운 된 수광을 바라
보다가 일어나 유유히 골목길을 사라진다.

S# 45, 나이트클럽

보칼 밴드의 광란의 기타연주와 섹스폰이 열기를 띈다.
음악의 리듬을 타고 광란의 춤을 추는 젊은이들.
카운타에서 맥주를 마시는 민수.
춤추는 젊은이들 틈에 인아가 춤을 추고 있다.
한동안 인아가 춤을 추다가 카운타에서 술을 마시는 민수
를 발견한다. 춤을 멈추고 민수에게 다가가는 인아.

인아 : 나하고 춤출래?
민수 : (힐긋 인아를 바라보고 나서 맥주를 마신다)….

인아 : (민수 옆자리에 앉으며) 나두 맥주 한 잔 사줄래?

민수 : (카운터에게) 여기 맥주 한 병.

카운터가 맥주 컵을 가져다 놓고 맥주병을 따준다.
인아가 갈증이 나는지 맥주 한잔을 비운다.
빈 잔에 다시 거품을 일게 하고.
연달아 맥주를 비운다.

인아 : 나 결혼하는 거 알지…?

민수 : ······.

인아 : 이제라도 네가 결혼하지 말라고 하면 그 결혼 취소
　　　할 수 있어!

민수 : ······ (카운터에 계산하고)

홀을 빠져나가는 민수.
인아가 멀쑥한 표정으로 밖으로 나가는 뒷모습을 바라본다.
광란의 춤을 추는 젊은이들과
광란의 리듬을 타는 보칼 밴드.
광란의 춤 속으로 빨려 들어가는 인아 미친 듯이 춤을 춘다.

S# 46, 민수네 동네길

민수엄마가 산비탈 움막이 있는 곳으로 가고 있다.
산 비탈길을 올라가는 민수엄마.
움막집 부근에서 개 짖는 소리가 난다.

S# 47, 움막집 앞

개가 사납게 짖고 있다.

민수엄마 : 베리, 베리

개가 민수엄마의 목소리를 알아듣고 꼬리를 흔든다.

민수엄마 : 눈 뜬 장님이라더니… 앞 못 보는 개가 청각은
예민해서 내 목소리는 금방 알아듣네.

민수엄마 개의 머리를 쓰다듬어준다.

엄마 : 안에 있어…? (대답이 없다) 어디 갔나…?

민수엄마 문 열고 안으로 들어간다.

S# 48, 움막집 부엌

방안에서 사람의 목소리 들려오며 거친 숨소리가 들려온
다. '엄마 이거 좋다, 엄마 이거 좋다.'하는 소리가 계속해
서 민수엄마의 귀에 들려온다.

엄마 : 성철엄마 방에 있어? 성철아, 성철아…?

민수엄마가 방문을 연다.
순간, 민수엄마가 못볼 것을 봤는지 깜짝 놀라며 다시 문을 닫고 밖으로 뛰어나간다.

S# 49, 성철네 방

성철이와 성철엄마가 모자간에 옷을 모두 벗은 채 성철엄마가 성철의 배 위에 올라타서 엉덩이를 흔들며 성관계를 하고 있다.
성철이는 계속 씩씩거리며 중얼거리고 있고 성철엄마는 쾌감에 신음소리를 내며 계속 엉덩이를 들썩거린다.

성철 : 엄마 이거 좋다. 엄마 이거 좋다!
성철엄마 : 응 좋지, 좋지? 나두 좋아 아이 좋아! 네가 올라
　　　와서 할래…?
성철 : 응 내가 올라 갈게…

S# 50, 움막집 앞

민수엄마가 방안에 광경을 보고 놀라 땅바닥에 주저앉으며 가슴을 쓰다듬고 어쩔 줄 몰라 하고 있다.

민수엄마 : 아이고 세상에 에미 자식 간에 저럴 수가…? 저
　　　걸 어쩌면 좋아, 어쩌면 좋단 말인가…?

잠시 후 성철엄마가 벌거벗은 채 문밖으로 나온다.

성철엄마 : 왔어? 뭐 일거리가 있어?
민수엄마 : 아이고 이 사람아 방에 들어가 옷이나 챙겨 입
　　　　고 나오게. 아무리 산중이라고 해도 그렇지 벌건 대낮
　　　　에 그 꼴이 뭔가? 어서 안에 들어가 아무 옷이라도 걸
　　　　치고 나와!

성철엄마 다시 움막집 안으로 들어가고 성철이는 히쭉 히
쭉 웃으며 밖으로 나와 비탈길을 내려가며 춤춘다.

성철 : 엄마가 좋다, 엄마가 좋다!

성철엄마가 옷을 걸치고 밖으로 나온다.

민수엄마 : 에끼 이 사람아 아무리 정신이 나가도 그렇지
　　　　자식하고 그런 짓 하는 애미가 세상에 어디 있어?
성철엄마 : 아니 그런게 아니라 성철이가 나를 무척 좋아
　　　　해!
민수엄마 : 당연하지. 지 에미 싫어하는 자식 봤어…? 내
　　　　말은 자네가 어떻게 지 새끼하고 그런 짓을 하느냐 말
　　　　이야. 아이고 하나님도 무심하시지 어쩌다 식구들이
　　　　모두 정신병자가 돼서 술인지, 물인지 분간도 못하고
　　　　벌건 대낮에 그런 짓을 하고 있다니….
성철엄마 : 그래도 나는 성철이가 더 좋아! 성철이 형, 성

만이 보다는…!

민수엄마 : (다시 한 번 놀라며) 그럼 성만이하고도 그 짓을
한단 말이야…?

성철엄마 : 큰 애 성만이는 내가 싫다고 반항하면 날 막 때
려.

민수엄마 : 그럼 성만이하고도 그 짓을 한단 말이야…? 에
끼 이 사람아 그래도 그렇지…. 아이고 이걸 어쩌면
좋아 어쩌면… 아이고 부처님도 무심하시고 하나님
도 무심하시지… 이걸 어쩌면 좋아 어쩌면 좋단 말인
가…?

S# 51, 동네 길

성철이 주머니에서 지갑을 꺼내 만원 권 한 장을 손에 들
고 열쇠꾸러미 등을 휘두르며 토끼뜀을 뛰기도 하고 춤을
추기도 하면서 간다.

S# 52, 움막집

움막집이 보인다.
텅 빈 움막집에는 그동안 아무 일도 없었다는 듯 조용하기
만 하다.

S# 53, 가영이네 집(밤)

가영이네 집 앞에 인아가 창문을 통해 방안에 동정을 살피고 있다.

창문에는 커텐이 쳐 있어 커텐 틈 사이로만 안의 동정을 겨우 살펴볼 수 있다.

방안의 모습은 가영선생이 민수를 벽에 세워놓고 민수의 셔츠를 벗기고 있는 중이다. 잠시 후 가영선생의 입술이 민수의 입술로 다가간다.

이 모습을 바라보고 충격을 받는 인아.

두 손을 얼굴을 감싸고 땅바닥에 주저앉아 운다.

눈물을 닦으며 믿을 수 없다는 듯 다시 일어나 방안의 동정을 살핀다.

민수와 가영선생은 열렬히 키스를 하고 있는 중이다.

심한 질투의 눈으로 눈물을 흘리며 방안의 모습을 바라보는 인아.

S# 54, 도심지 거리(아침)

많은 차량들이 분주히 차도를 질주해 가고 있다.

인도에 사람들 틈에 인아도 부지런히 걸어간다.

인아는 민수의 학교로 가서 가영선생과 민수의 부도덕한 사이를 폭로하기 위해서 분하고 급한 마음에 서둘러 가는 길이다.

S# 55, 학교 정문

인아가 민수의 학교 정문을 통해 운동장으로 가고 있다.

S# 56, 복도

복도를 지나가고 있는 인아.
인아가 교장실 팻말이 붙어 있는 문을 열고 안으로 들어간다.

S# 57, 교장실 안

인아가 교장의 안내로 소파에 앉는다.
인아가 민수와 가영선생과의 부도덕한 관계를 폭로한다.

교장 : 그게 사실인가…?
인아 : 네, 제가 어젯밤에 제 눈으로 틀림없이 목격했어요. 이 눈으로… 영어를 가르쳐 주겠다는 구실로 집으로 민수를 끌어들여 성취행을 벌리고 있었어요.
교장 : (전화 수화기를 들고) 한가영 영어선생 수업시간 끝나면 다음 수업 들어가지 말고 곧바로 내 사무실로 오라고 해요. (인아에게) 알려줘서 고마워 내가 자세히 조사해 볼테니까!

S# 58, 경찰서

경찰서 건물이 보인다.

S# 59, 수사과

조사를 받고 있는 가영.
고개를 숙이고 있다.
손에는 수갑이 채워져 있다.

수사관 : 성명…?
가영 : … (고개만 숙이고 있다)

수사과 안에 민수엄마를 비롯해서 학교 관계자들이 참고
인으로 나와 수사관이 조서 작성하는 것을 바라보고 있다.

수사관 : 이름… 이름 없어?
가영 : 한가영입니다.
수사관 : (워드작성을 하며) 한가영이라… 생년월일은?
가영 : 1981년 4월 6일생입니다.
수사관 : 1981년 4월…? 4월 몇일 이라고?
가영 : 4월 6일이요.
수사관 : 직업은?
가영 : ……
수사관 : 직업이 뭐야?
가영 : … 교직을 맡고 있습니다.
수사관 : 학교 선생님이란 말이군…! 선생님께서 제자를
　　　성취행 해도 좋은가…? 아이고 말세다 말세야. 기가
　　　막히는군.

가영 고개만 숙이고 있다.

수사관 : 공직에 있는 사람이 특히 선생이라는 사람이 성
폭행이나 성추행을 저질렀을 경우 어떻게 되는 지 아
시지…? 취행을 몇 번 저질렀습니까…? 몇 번 했어?
가영 : (고개만 숙인다)

S# 60, 검찰청

검찰청 정문에 많은 기자들이 몰려 있다.
승합차가 검찰청 정문 앞에 도착하고 차 문이 열리고 차에
서 내리는 가영.
카메라 기자들 가영이를 보고 일제히 플레시 터트린다.
경찰들의 호위 아래 검찰청 안으로 들어가는 인아.

S# 61, 예식장

예식장 건물이 보인다.
하객들이 하나 둘씩 예식장으로 들어간다.

S# 62, 예식 홀

두성과 인하의 결혼식이 한참 진행되고 있다.
결혼 예물로 반지를 인하의 손가락에 끼워주는 두성.
인하도 두성의 손가락에 반지를 끼워준다.

OL

S# 63, 예식장 건물 앞

승용차에 오르는 인아와 두성.
주변에는 가족들과 친지들이 배웅하고 있다.
신혼부부를 태운 승용차가 결혼예식장을 떠난다.

S# 64, 승용차 안

인아의 엄마 덕연이가 운전하고 있고 그 옆 조수석에는
민수엄마가 타고 있다.
뒷좌석에는 동네 아주머니들이 앉아 있다.
무슨 얘기인지 모두가 웃음꽃이 피었다.

덕연 : 남자선생도 아니고 여선생이라는 사람이 어떻게 제
　자한테 성취행을 해, 하긴! 응?
순복이네 : 글쎄 말이지. 요즘은 여자들이 더한 다니까. 지
　하철에서도 누가 있거나 말거나 제 남자친구한테 딱
　달라부터 가지고 키스를 하지 않나, 아랫도리를 바짝
　붙이고 애교를 부리질 않나. 하여간 말세야 말세!
민수엄마 : 그 여선생이 얼굴은 아주 예쁘더라고 나이만
　어리면 며느리 삼고 싶어지더라고 글쎄!
덕연 : 나두 경찰서에 따라가서 보니까 보통 미인이 아니
　던데… 얼굴값 한다고 그것도 바치게 생겼어!

순철네 : 그거라니?

덕연 : 색도 바치게 생겼단 말이야. 색골처럼 생겼잖아. 안 그래 민수엄마?

아주머니들 : 색골…?

덕연 : 그래, 색골!

모두들 호호호 하고 웃는다.

S# 65, 동네 길

덕연이 차가 어느덧 동네에 도착한다.
모두들 차에서 내린다.

덕연이 집으로 들어가고.
함께 온 일행들은 민수엄마와 함께 비탈길을 올라간다.

순복이네 : 아니 그리고 말이야 인아엄마하고 오늘 결혼한 인아 신랑하고 이러쿵, 저러쿵 소문이 자자하던데 그 소문이 뜬소문이었던 게지. 그치 민수엄마?

순철네 : 글쎄 말이야?

민수엄마 : 그래서 소문은 믿을 수 없다니까 내 눈으로 보기 전에는….

순복이네 ; 아무래도 그렇지?

순철네 ; 맞아 뜬소문은 믿을 게 못돼! 그건 그렇고 민수는 그 예쁜 선생님하고의 관계를 가지고 뭐라고 합디까?

민수엄마 : 민수야 뭐… 워낙에 말이 없어가지고 아무 소리 없어, 쇠귀신 모양.

순복이네 : 아들인데 아무렴 어때. 딸이 문제지. 법원에 가게 될 때 우리도 구경 갈 수 있을까…?

민수엄마 : 방청권을 신청해야 할 걸 아마… 간통사건이나 성추행사건 등은 방청객이 많이들 몰려든 데지 아마.

순철네 : 그럴 거야. 구경거리 아니유.

대화를 하는 동안 모두들 집 부근에 왔다.

S# 66, 인아네 집

인아가 타고 온 승용차를 세워두고 내린다.
집 문을 열고 안으로 들어가는 인아.

S# 67, 집안 거실

인아가 거실로 들어온다.
자신의 신혼 방으로 간다.

S# 68, 인아 방

인아가 윗도리를 벗어 침대에 던져놓고 다시 거실로 나온다.
덕연이 방에서 사람의 소리가 들리는 듯 인아가 덕연의 방 문 앞으로 가서 사람소리를 확인하려 귀를 기울인다.

이상한 느낌이 들어 문을 살그머니 열어본다.

덕연이 침대에 두 남녀가 알몸이 된 채 성 행위를 하고 있다.
틀림없이 엄마 덕연이와 남편 두성이가 뒤엉켜 가쁜 숨을
몰아쉬며 성행위를 하고 있다.

얼결에 문을 닫는다. 도저히 믿어지지 않아 다시 문을 열
고 엄마 덕연의 침대에서 성행위를 하고 있는 사람들을 재
차 확인한다.

틀림없이 남편 두성이고 여자는 엄마 덕연임을 확인한다.
충격을 받은 인아. 어쩔 줄 몰라 문을 열어둔 채 거실 문을
열고 밖으로 뛰쳐나간다.

S# 69, 승용차 안

인아가 눈물을 흘리며 차에 시동을 건다.

S# 70, 동네 길

인아가 운전하는 승용차가 정신없이 달려 나간다.

S# 71, 승용차 안

인아 : 태웅이냐? 지금 어데야? 나 만나고 싶어서 전화했어.
태웅 : (수화기 목소리) 너 울고 있구나…? 왜, 무슨 일이야?
   이쪽으로 올래? 강남 나이트클럽에 다들 있어. 응, 응
   그래.

인아 전화를 끄고 정신없이 운전한다.
지나가는 차량들이 인아의 난폭한 운전에 빵빵하며 클랙
션을 울린다.
많은 차량으로 복잡한 도심속을 달려가는 인아의 승용차.

S# 72, 나이트클럽

나이트클럽 무대 위에서는 보컬밴드가 연주하고 있다.
태웅을 비롯해서 재현, 명생, 종춘, 종철 등이 테이블에 앉
아서 여자들과 함께 양주를 마시고 있고 인아도 맥주잔에
양주를 가득 채워 한 번에 잔을 비우고 손수 빈 맥주잔에
다시 술을 가득 채운다.

태웅 : 무슨 일이야? 야, 인아야 독한 술을 그렇게 마시면
　　　어떻게 해?
인아 : 죽을 거야. 이 술 다 마시고 죽을 거야!
명생 : 왜 그래, 인아야? 말을 해봐? 뭐 때문에 그러는 거
　　　야 응?
재현 : 그래 얘길 해봐. 우리들이 나서서 도와줄 수 있는
　　　일이면 도와줄게….

인아 계속해서 술만 마신다.
인아가 빈 잔에 술을 따르려하자 태웅이가 인아가 든 술병
을 빼앗는다. 인아가 술병을 빼앗기자 옆에 술이 들어있는
잔을 들어 마신다.

인아가 비틀거리며 일어난다. 그리고는 춤을 추고 있는 곳으로 가서 춤추는 사람들과 어울려 비틀거리며 춤을 춘다. 한동안 춤을 추던 인아 홀을 나가려 하자

태웅 : 어디 가는 거야?
인아 : 화장실.

모두들 인아가 화장실로 가는 뒷모습을 바라보고 숙덕거린다.

S# 73, 옥상

옥상에 올라 온 인아. 서울 시가지를 바라본다.
담배 한 개 피에 불을 붙여 연기를 깊게 흡입한다.

S# 74, 회상

덕연과 두성이 성관계하는 모습이 자꾸만 떠오르는 인아.

S# 75, 옥상

인아가 옥상에서 빌딩 아래를 내려다본다.
많은 차량들이 지나간다.
담배를 아무렇게나 버리고 한동안 빌딩 아래를 내려다보더니 옥상 난간으로 올라간다. 옥상 난간에서 빌딩 아래로

몸을 던지는 인아.
옥상난간에서 땅으로 떨어진 인아.
숨을 거두고 말았다.
지나가던 행인들이 숨을 거둔 인아 주위로 몰려든다.
멀리서 앰블런스 소리 들려오고.

S# 76, 동네 길

코스모스가 산들거리는 동네 길
성철이가 토끼뜀을 뛰며 집으로 향하고 있다.
손에는 여전히 열쇠꾸러미와 지갑, 수저, 돈 등을 들고 있다.
춤을 추다가 뜀뛰기도 하고 춤을 추기도 하면서 집으로 가고 있다.

S# 77, 움막 집 방안

성철이 엄마가 성철이 형 성만이와 알몸으로 성관계를 하고 있다.
성만이가 제 엄마의 배위에 올라타고 엉덩이를 들썩이며 씩씩대고 있다.

S# 78, 동네 비탈길

성철이가 부지런히 춤을 추며 '엄마가 좋다, 엄마가 좋다' 하며 비탈길을 올라 자기 집으로 가고 있다.

S# 79, 움막 집 방안

성만이와 성철의 엄마가 땀을 흘리며 계속 엉덩이를 흔들
며 신음소리를 내고 있다.

OL

S# 80, 산자락

움막집이 보이는 산자락에 성철이 계속 올라가고 있다.
집이 가까워지자 미소를 짓는 성철.

OL

S# 81, 움막집 방안

땀을 흘리며 성교를 하는 두 사람.

S# 82, 움막 집

성철이 움막 집 문을 열고 안으로 들어간다.
엄마와 형이 성교를 하고 있는 방문을 여는 성철.
방안에 벌어지고 있는 두 사람의 몸짓을 보고.

성철 : 형! 엄마하고 지금 뭐해?

성만 : (성철을 보고도 계속 엉덩이를 흔들며) 문 닫아 임마!

성철 : (성만의 말에 문을 닫고) 문 닫았다.

성철의 표정이 도저히 이해할 수 없다는 표정을 짓는다.

밖으로 나가는 성철.

화가 치미는지 발딱, 발딱 뛴다.

한동안 숨을 고르더니 움막 집 뒤란으로 가서 석유통을 가져온다. 움막집 주변에 석유를 뿌린다.

일회용 라이타에 불을 붙인다. 금새 움막집이 불붙기 시작한다.

자루가 긴 함마를 가지고 오는 성철.

성만이의 머리를 함마로 칠 요량으로 움막집 문을 바라보며 성만이가 뛰어 나오기를 기다리고 서 있다.

성철엄마 벌거벗은 채 "불이야, 불이야"소리 치며 불길 속을 뛰쳐나온다.

뒤이어 성만이도 알몸으로 옷가지를 가슴에 안고 뛰쳐나온다.

이때 성철이가 성만이의 머리를 향하여 함마로 내리친다.

성만이가 머리를 피하며 함마가 살짝 성만이의 머리를 치는 바람에 머리 한 부분에서 금새 피가 흘러나온다.

성철이가 계속 함마를 휘둘러 성만이는 성철이를 피해 산비탈로 도망친다.

성철이는 도망가는 성만에게 함마를 던진다.

동네 사람들도 움막집에서 불이 난 것을 알고 몰려든다.

동네 사람들도 "불이야, 불이야" 하며 그릇에 물을 채워 불타고 있는 움막집에 뿌린다.
성철이는 춤을 추고 토끼뜀을 뛰면서.

성철 : 난 엄마가 싫다, 엄마가 싫다. 난 엄마가 밉다. 엄마가 미워. (불타는 모습을 보며) 잘 탄다. 잘 탄다. 잘 탄다. 훨훨 잘 탄다. 훨훨 잘 타거라. 훨훨 잘 타거라….

S# 83, 동네 입구

소방차가 사이렌 소리를 울리며 동네 입구로 들어오는 것이 보인다. 그 뒤에 경찰차도 뒤 따라 들어온다.

S# 84, 장례식장

인아의 영정사진 걸려 있다.
덕연이 인아의 영정 앞에 엎드려 통곡한다.
두성이는 영정 앞에 서서 조문객을 맞이하고 있다.
조문객으로 민수엄마, 순복이네, 순철네 등 동네 사람들이 찾아온다.

덕연 : 아이고 인아야! 이 에미가 죽일 년이다. 이 에미는 천벌을 받드라도 할 말이 없구나. 내가 너를 기어이 죽이고 말았구나 인아야! 흑, 흑…

S# 85, 인아네 집

두성 가방을 들고 나온다.
세워둔 승용차에 가방을 싫고 인아네 집을 다시 한 번 바라보더니 드디어 차에 올라 시동을 걸고 출발한다.

S# 86, 움막집 (새벽)

불에 전소된 움막집. 몇 가지 타다 남은 기둥과 재만 남았다.
이웃이 가져다 준 이불을 덥고 자는 성철.
잠에 곯아 떨어져 코를 골며 자고 있다.
정신병원차가 산 비탈길에 멈춘다.
신체 건강한 장년들 A,B,C가 차에서 내린다.
산 비탈길을 올라 움막집으로 향한다.
장년들 ABC가 성철이를 흔들어 깨운다.

장년A : 어이 이봐요, 이봐!
장년B : 일어나. 어이 이봐!

성철이 부스스 눈을 비비고 일어나 앉는다.

장년A : 우리하고 갑시다. 여기서 이렇게 자면 어떻해? 좋은데 있으니까 가서 목욕도 하고 새 옷도 줄테니까 멋도 부리고 응? 자, 자 일어나 우리 하고 같이 갑시다.
성철 : 새 옷 준다. 목욕도 해?

장년B : 그럼 새 옷 뿐이야, 밥도 주고 맛있는 빵도 주고 다줄 건데?

성철 : 나 빵 좋다. 나 빵 좋다.

장년AB : 그래, 그래 자, 자….

장년들이 성철이를 달래가며 산비탈을 내려와 성철을 차에 싣고 차가 출발해 동네를 빠져 나간다.

S# 87, 민수네 집 정원

수녀가 성철엄마에게 수도원에서의 생활을 설명하고 있다. 성철엄마 주위에는 민수엄마, 순철네, 순복이네가 수녀의 설명을 경청하고 있다.

수녀 : 수도원에 들어가면 모든 것이 편안할 거예요. 이제부터는 하느님의 자녀가 되셨으니까 성령을 받아 하느님의 말씀을 실천하면서 살아야 합니다. 아셨죠?

성철엄마 : 네.

수녀 : 그럼 그렇게 알고 나하고 함께 가요. (민수엄마에게) 그동안 여러 가지로 협조해 주셔서 고맙습니다. 그럼 저희들은 이만 가보도록 하겠습니다.

수녀가 성철엄마의 팔을 부축해 민수엄마가 열어준 대문 밖으로 나간다. 세워둔 승용차에 오르는 성철엄마. 뒤이어 수녀가 차에 오른다.

수녀 : (동네사람들에게) 안녕히들 계세요.

민수엄마 : 잘 가세요. (뒷자리에 탄 성철엄마에게) 잘 가고 잘 살아! 그리고 우리가 짬을 내서 한 번 가 볼테니까!

성철엄마는 눈물을 찔끔거린다.
차가 출발한다.
성철이가 돌아보며 손을 흔들고 동네 사람들도 손을 흔들며 배웅한다.

S# 88, 법원

법원건물이 보인다.

S# 89, 재판장

가영이의 재판이 열리고 있다.
방청석에는 민수엄마를 비롯해서 동네 사람들, 학교 교장, 교육위원회 관계자들이 재판이 열리는 과정을 지켜보고 있다.
검사의 논고가 한참 진행 중이다.

검사 : 본 피고 한가영은 교직에 몸담고 있는 피해자 학생 정민수의 담임 선생으로 공직자로서 있을 수 없는 범죄를 저질렀습니다. 사회와 학생의 규범이 되어야 하고 더욱이 학생을 교육하고 있는 교육자로서 도덕과

윤리, 신뢰를 무너뜨리고 욕정에 눈이 어두워 범죄를 저질러, 존경하는 재판장님 이에 본 검사는 형법 00에 의해 00년을 선고합니다.

방청석에서 웅성거리는 소리가 들리고 가영이는 고개만 숙이고 있다.

재판장 : 오늘 한가영에 대한 공판은 오는 11월 15일 재개하기로 합니다.

OL

한가영 성추행 사건으로 재판이 열리고 있다.
민수엄마를 비롯해서 학교장, 교육위원회 관계자, 동네 사람들의 모습이 보인다.
가영이는 앞 죄수석에 앉아 고개를 숙이고 있다.

재판장 : 그럼 판결을 내리겠습니다.

이때 방청석에 앉아있던 민수가 손을 번쩍들고 재판장을 향해

민수 : (큰 목소리로) 재판장님!
재판장 : 뭡니까…?
민수 : 제가 피해자로 재판장님께 드릴 말씀이 있습니다.

재판장 : 이리 나와서 말해 보세요.
방청석이 술렁인다.

재판장 : 나오세요.

민수 앞으로 나가 가영이 옆자리에 선다.
재판장을 바라보며.

민수 : 재판장님 피고 한가영과 저는 연인사이입니다. 한
가영 선생님은 피고가 아닙니다. 우리는 서로가 결혼
을 약속한 사이입니다. 그리고 우리는 서로 입맞춤은
했지만 그 이상 아무 짓도 안했습니다. 그래서 한가영
선생님은 피고가 아니라고 주장합니다. 저는 한가영
선생님을 진심으로 사랑합니다.
재판장 : (가영에게) 지금 정민수군이 얘기하는 것이 모두
사실로 인정합니까…?
가영 : …….
재판장 : 인정합니까…?
가영 : 네, 인정합니다.

방청석이 떠들썩해진다.
민수가 수갑찬 가영이의 손을 꼭 잡아준다.
눈물을 흘리는 가영.
방청석에 민수엄마가 순철네와 순복네를 향해.

민수엄마 : 아이고 선생님 며느리 두게 생겼네.

순복이네 : 나이 차이가 많지 않아?

순철네 : 아 요즘은 보통이래.

민수엄마 : 내가 보기에는 민수하고 나이 차이도 없는 것
같이 보이는데….

재판장 : (시끄러운 방청석을 향해) 조용, 조용, 조용하세요.
그럼 최종 판결을 내리겠습니다.

S# 90, 법원 앞

민수와 가영이 손잡고 법원 문을 나오고 있고 민수엄마는
동네 사람들과 함께 법원 문을 나오고 있다.

S# 91, 동네길

승용차가 동네 길을 달린다.

민수네 집 앞에 차가 멈추고 민수와 가영 내리고 동네 사
람들도 모두 내린다.

길가에 코스모스가 바람에 산들거린다.

공중에서 본 동네 산비탈에 움막집도 없어지고 그 주변이
말쑥해졌다.

최청 시나리오

대한국민 1957년
소제, '미군부대 앞 이층집'

대한국민 1957년

▣ 나오는 사람들

교시(18세 고등학교 3학년)
순임(19세 고등학교 2학년)
교시 어머니(38세)
순임 이모(35세)
숨임 이모부(39세)
복영(순임 외사촌 첫째 딸)
가명(이모의 2째 딸)
후지꼬(양 색시)
도시꼬(양 색시)
캡틴(양 색시)
히로시 엄마(양 색시)
덕모 엄마(28세)
덕모(8세)
쿡 권씨(30세)
박순학(38세 교시의붓아버지)
양 색시(A)

양 색시(B)
양 색시(C)
꺽쇠(27세 넉제비)
김씨(32세 넉제비 왕초)
정씨(넉제비)
손씨(넉제비)
너구리(용팔이 패)
용팔이 패(A)
용팔이 패(B)
싸진(흑인 병사)
용팔이 패(C)
정보원(ABC)
경찰(ABC)
기차 기관사
아낙네(ABC)
그 외 동네사람들

S#1, 철길이 있는 도로주변 (밤)

무대 막 자막에 '대한민국 1957년'이 비치다가 사라진다.

칠흑 같은 어둠이 깔려 있는 한 밤중.
길 건너 철조망 넘어 미군부대에서 비쳐오는 불빛이 어둠
을 밝혀 벽돌 공장건물 물체와 공장 우측으로 기차가 다닐
수 있는 철로길이 희미하게 보인다.
계급장 없는 미군군복을 걸친 너구리라는 별명이 붙은 30
대 초반쯤 보이는 곱슬머리 사내가 큰길가 이층집 담벼락
에 바짝 붙어 철로 길을 향해 망을 보고 서 있다.

S#2, 철로길 (밤)

공장 옆 철길에 기차가 막 도착한 듯 하얀 수증기를 계속
내뿜고 있다.
기차 기관실 옆에는 아낙네 4명이 기관사 얼굴을 쳐다보
며 무언가 흥정하는 모습.
기관사가 포대자루에 삽으로 기관실에 있는 석탄을 퍼 담
는다. 석탄을 담은 포대자루를 붙들어 동여매 아낙네가 서
있는 곳에 떨어뜨려준다.
아낙네의 몸뻬 주머니에서 돈을 꺼내 기관사에게 건네준
다. 기관사가 기차에 땔감 석탄을 몰래 아낙네들에게 팔아
먹고 있는 중이다.
담벼락에 붙어서 이 현장을 일일이 목격하고 있는 너구리

의 얼굴에 야비한 미소가 떠오른다.

4아낙네가 석탄을 머리에 이고 어두움 속으로 사라진다.

기차가 서서히 움직인다.

너구리가 재빠르게 기관실 쪽으로 가 기차를 세우고 기관실로 올라간다.

너구리 : 나 정보원인데 네가 석탄 팔아먹는 거 다 봤어! 한 포대에 얼마씩 팔았냐? 너 내가 고발하면 즉시 영창감이야, 알았어! 순순히 불어 얼마 받았어?

기관사 : 8천원 받았습니다.

너구리 : 어디 주머니에서 돈 끄집어 내봐.

기관사가 주저하다가 주머니에서 돈을 끄집어내자 너구리가 돈을 나꿔챈다. 돈을 세어보는 너구리.

너구리 : 만원인데… 만원씩이나 벌고 왜 나한테 8천원 밖에 못 벌었다고 거짓말이야!

기관사 : 막걸리 값하고 담배 값 좀 벌려고…. 좀 봐 주십시오.

너구리 : 막걸리 값하고 담배 값? 2천 원이면 충분하지? 그리고 석탄 두 자루만 퍼 담아.

기관사가 마지못해 포대에 석탄을 퍼 담아 땅에 떨어뜨린다. 기차가 하얀 수증기를 내 뿜으며 서서히 움직인다.

기관실에서 너구리가 뛰어내린다.

#S3, 거리 (밤)

번갯불이 번쩍 어두운 하늘을 가른다.
우르릉 쿵! 천둥소리와 함께 빗줄기 쏟아진다.
교시네 집 정문 옆에 '하숙집'이라는 간판이 보인다.
어떤 아낙네가 보따리를 옆에 끼고 어린 사내아이의 손을
잡고 처마 밑에 비를 피해 있다.
지붕위로 쏟아져 내리는 빗줄기.
천정에 물이 고인다. 그 물방울은 제 힘에 견디지 못하고
뚝 하고 밑으로 떨어진다.

S#4, 작은 쪽방

천장에서 떨어지는 빗물방울.
놋대접에 정확히 물방울이 떨어지면서 물 파편이 되어 여
기저기로 튄다.
깔아놓은 이불 위에도 물 파편이 튀어 젖어가고 있다.
책상을 가운데 두고 마주 앉아 공부하고 있는 순임과 교
시. 교시는 책과 공책을 펼쳐놓고 산수숙제를 해야 되는데
막막하기만 하다.
순임이 눈치만 살피고 있는 교시.
순임이가 자기의 숙제를 도와주기를 바라고 있는 눈치다.
그러나 순임이는 자기 공부에만 집중해 있다.
대접에 빗물이 차자 교시가 쪽방 문을 열고 부엌에다 빗물
을 버린다.

교시네 부엌은 10평 가량 되어 보이는 제법 큰 부엌이다.
부뚜막이 있는 안방가까이 정문이 있고 순임이와 교시가
공부하고 있는 쪽방 부근에 큰길가로 나가는 문이 별도로
하나 더 있다.
그 문 창문으로 불빛이 지나갔다.
어두운 밖에서는 계속해서 비가 쏟아져 내리고 있다.
창문을 스치고 지나가는 불빛.
트럭의 부르릉 거리는 엔진소리도 함께 들려온다.
이번에는 한 대의 차량이 지나는 것이 아니라 수 십대의
차량이 유리창문에 불빛을 스치며 지나갔다.
이 차량들은 미군부대에서 군수화물을 실고 나와 어디론
가 가는 모양이다.
안방부근에서 웅성거리는 소리가 들려왔다.
이때 방문 열리는 소리와 함께 교시 어머니 음성이 들려왔
다.

엄마 : "누가 들어왔나…? 누구요?"
꺽쇠 : "저예요"

교시가 쪽방 문을 열고 부엌 안을 바라본다.
부엌에는 꺽쇠일당들이 우비를 걸치고 어머니와 얘기를
나누고 있다. 이들은 미군부대에서 나오는 화물차량에서
화물을 털어먹고 살아가는 넉제비들이다.
참고로 넉제비란 너구리와 족제비의 혼용어로 너구리는
다른 동물들의 먹이감을 훔쳐 오는 습관이 있고 족제비는

사나운 동물로 불러지고 있다. 이 동물들의 특징을 지녔다
고 해서 이들을 넉제비 일당으로 부른다.
교시가 일어서 부엌으로 나가려고 문을 연다.

순임 : "(나가려는 교시를 보고) 교시야 너 숙제 안 할끼야?"

교시를 바라보는 순임이 눈초리가 매섭다.

교시 : "응, 나중에….."
순임 : "나중에 언제?"

순임이 목소리가 엄마가 야단칠 때처럼 높아졌다.

교시 : "(퉁명스럽게) 알았어. 네 공부나 해!"

교시 문을 닫고 부엌으로 나와 넉제비들과 어울리며.

교시 : "(꺽쇠 곁으로 다가가며) 꺽쇠 아저씨 왔구나."
차씨 : "(교시머리에 꿀밤을 쥐어박으며) 꺽쇠가 뭐야. 그냥
　　　　아저씨면 아저씨지."
정씨 : "꺽쇠보고 꺽쇠라고 하는데 얘가 뭐 잘못 말했어?
　　　　그럼 꺽쇠보고 똥쇠 아저씨! 하구 부르나?"
차씨 : "야 교시야, 이 아저씨한테는 대머리라고 불러. 대
　　　　머리!"
엄마 : "어른들이 되어가지고 철없는 애한테 좋은 것 가르

치네. 그렇지 않아도 버릇이 없다는 아이를 가지고…. 교시야, 너도 아저씨들한테 그렇게 부르면 못써! 그냥 아저씨라고 불러. 그리고 너는 들어가서 공부나 해. 모르는 것 있으면 순임이 보고 가르쳐 달라고 하구."

교시 : "(주변사람들 앞에서 순임이한테 공부를 가르쳐 달라고 하라는데 창피함을 느껴) 순임이는 뭐…. 알았어요. 엄만 걱정하지 말아요."

대머리는 키가 작달막하고 다부지게 생겼다. 이마가 뒤로 많이 벗겨져서 대머리 별명이 붙은 정씨다.
정씨는 오른쪽 팔뚝에 상처자국이 깊게 패어져 있다. 6.25 때 북한군 탱크에서 쏘아댄 포탄 파편조각이 할퀴고 간 상처라고 했다. 꺽쇠의 성은 차씨인데 차씨는 황해도 연백사람으로 6.25때 피난민으로 나와 인천에 정착해서 살아가는 청년이다. 눈 밑에 벌레가 기어가듯 긴 상처자국이 남아있어 예리하게 보인다. 칼을 쥔 사람과 싸우다가 생긴 상처자국이다.
손씨도 평택사람으로 피난민이다.
시력이 안 좋아 안경을 쓰고 다니는데 한쪽 안경테가 떨어져 나가 안경테 대신 노끈을 묶고 다니는데 그 노끈이 땀과 때에 절어 구질구질하게 보인다.
나머지 김씨는 이들의 왕초 격으로 제일 나이가 많아 보이고 몸은 뚱뚱한 편이다.
먹이 감을 구하기 위해 야생처럼 살아가는 사람들이다.

이들은 비오는 오늘밤도 미군부대에서 화물트럭이 나오는 것을 낌새채고 교시네 부엌으로 들어온 것이다.
말하자면 이 집 부엌이 이들의 베이스 캠프인 셈이다.

엄마 : "(교시를 향해) 너는 절대 아저씨들을 따라 나가서는 안 된다. 공부하기 싫으면 2층 네방에 올라가 일찍 잠이나 자든지."
차씨 : "걱정 마세요. 교시는 부엌에서 창문으로 구경만 할 건 데요, 뭘."
엄마 : "저 애를 절대 밖으로 데리고 나가서는 안 되네. 내 말 알아들었지?"
김씨 : "걱정 마세요. 넌 절대 우리를 따라 나와서는 안 된다. 알았지?"

넉제비 들에게서 도둑질하는 것을 교시가 물들까봐 염려하던 엄마가 왕초격인 김씨 말을 듣고는 그 때야 안심한 듯 안방 문을 닫는다.
꺽쇠가 부엌에 있는 백열등 스위치를 끈다.
부엌이 어두워진다.
안방과 쪽방에서 세나오는 불빛에 부엌 안 사람들의 모습이 희미하게 보인다.

S#5, 미군부대 앞대로

미군부대에서는 화물을 실은 트럭들이 진흙탕을 튀기며

줄지어 정문을 통과해 나오고 있다.

트럭 앞 자동차 본 네트 양쪽에 부착된 전조등 불빛이 어둠을 밝히고 큰길가로 나와 우회전하여 북쪽을 향해간다.

이때 자동차 불빛이 교시네 2층집을 비치고 지나갔으며 그 불빛이 유리창이 달린 문을 통해 부엌 안까지 스쳐 지나가면서 밝아지곤 한다.

S#6, 교시네 집 부엌

꺽쇠를 비롯한 넉제비 일당들은 부엌 안에서도 허리를 구부리고 몸을 감춘다.

이들의 눈초리는 흡사 먹이감을 노리고 있는 야생마 같다. 각자가 고향도 틀리고 나이도 차이가 났지만 한 패거리로 어울려 다녔다. 꺽쇠와 대머리 정씨가 앞장서서 일을 하면 나이가 많은 왕초 김씨와 손씨가 항상 뒤처리를 맡곤 한다.

교시도 이들과 함께 유리창문에 바짝 달라붙어 밖의 동정을 살폈다. 이들이 화물트럭에 뛰어올라 길거리로 던지는 군수화물은 레이숀 박스와 석유가 들어있는 드럼통 등이다.

교시의 호기심을 자극하는 것은 레이숀 박스다. 레이숀 박스에는 여러 가지 전투식량이 들어가 있기 때문이다. 거기에는 교시가 좋아하는 비스킷, 초코릿, 젤리, 껌 등과 고기 통조림 등이 들어있기 때문이다.

꺽쇠는 입고 있던 우비를 벗어 아무렇게나 부엌 한 구석에 내려놓고는 검은 가죽장갑을 손에 끼었다. 만반의 준비태

세를 가추고 있는 것이다.

미군부대 정문에서 마지막 트럭이 나오고 있다.

전조등을 비치며 점점 가까이 다가오던 트럭이 잠시 속도를 줄이고 우회전했다. 순간 교시네 이층집을 비추던 자동차 불빛이 스쳐지나가면서 동시에 부엌에 몸을 도사리고 있던 꺽쇠가 문을 열고 재빠르게 진눈깨비 내리는 큰길가로 뛰쳐나갔다.

부엌 안에 함께 있던 대머리와 넉제비 일당들도 꺽쇠의 뒤를 따라붙었다. 밖에는 겨울바람이 거세게 불고 있다.

내리던 밤비도 진눈깨비로 바뀌어 회오리바람처럼 흩날리고 있다.

맨 뒤에 따라붙던 안경잡이 손씨가 교시를 향해.

손씨 : "넌 여기 있어. 따라 오면 안 된다. 알았지?"

명령하듯 한마디 내뱉고는 순식간에 진눈깨비 내리는 어두움 속으로 살아졌다.

교시는 창가에서 잠시 머뭇거리다가 2층 계단 중간에 있는 문 쪽으로 단숨에 뛰어 올라갔다.

교시네 이층집은 영문필기체로 h자 형으로 좌측은 이층이고 우측은 일층으로 그 사이에 이층으로 올라가는 좁은 계단이 있다. 그 계단 중간쯤에 일층 지붕으로 나갈 수 있는 문이 따로 나 있다. 그 문을 열어 제치면 자동차가 다니는 큰 길이 보이고 철망 넘어 미군부대가 시야에 들어온다.

멀리 미군부대 안에도 진눈깨비가 가로등 불빛 속에서 춤을 추며 마구 흩날리고 있다.

어느 틈에 꺽쇠가 달리는 트럭의 뒤에 탄력 있게 뛰어 올라가고 있고 대머리 정씨도 그 트럭의 뒤를 줄기차게 따라붙어 트럭에 오르기 위해 손을 뻗치어 트럭의 뒷부분을 잡고 점프를 하려고 안간힘을 쓰려는 순간, 자동차에 가속도가 붙어 빠른 속도로 달려가는 바람에 그만 손을 놓치고 길바닥에 나가떨어져 뒹굴었다.

꺽쇠는 트럭 안에서 바쁘게 손을 움직여 군수물자를 땅으로 떨어뜨린다. 떨어뜨리는 군수물자는 레이숀 박스 등이다.

그 뒤 멀찌감치 김씨와 안경잡이 손씨도 뒤따르는 모습이 보인다. 진눈깨비는 더욱 세차게 휘날린다.

매서운 겨울바람이 거세게 불어와 이층 계단 중간의 문은 거센 바람에 계속 '삐걱, 삐걱' 소리를 내며 흔들거렸다.

넉제비들이 먹이감을 구하기 위한 필사의 사투의 현장을 정신없이 바라보고 있는 교시의 얼굴에도 살갗을 파고드는 매섭고 거센 겨울 찬바람과 함께 진눈깨비가 사정없이 뿌려지고 있었다.

S#7, 이층 교시 방

엄마 : "(목소리) 교시야, 교시야!"

S#8, 이층을 오르는 계단

엄마 : "아니 애가 여태 자빠져 자고 있나…?" 아무리 불러

도 대답이 없네…?"

교시엄마 2층에 올라와 교시 방문을 열고 안으로 들어간다.

S#9, 교시 방

이불을 뒤집어쓰고 잠에 곯아 떨어진 교시.

엄마 : "아니 얘가 지금이 몇 시인데 여태 잠이야 잠이….
　　　　얘, 얘, 어서 일어나 어서!"

하며 이불을 벗기고는 교시를 흔들어 깨운다.

엄마 : "아니 너, 학교에 안 갈 거야? 어서 일어나 밥 먹어.
　　　　어서!"

교시방과 딸린 옆방에서 후지꼬 양 색시가 문을 열고 교시
방으로 들어선다.

엄마 : "아침은 제때 먹여야지. 후지꼬도 내려가. 아
　　　　침 먹게. 하숙꾼들은 밥들 먹고 다들 나갔으니까.
　　　　(교시를 흔들며) 얘 일어나 교시야!"
후지꼬 : "더 좀 자게 내버려 둬"
교시 : "아이 참 알았어. 엄마 조금만 더 자고 일어날게"
엄마 : "지금이 몇시인데 더 자겠다구 그래 얘가. 어서 일

어나. 밥 먹고 더 자고 싶으면 자고."

교시 : "꺽쇠 아저씨 왔다 갔나?"

엄마 : "그렇게 궁금하면 아랫방 내려가서 보려무나… 빨리 내려가 밥 먹자. 먹을 때 같이 먹고 설거지 해야지. 너 때문에 두 번 세 번 해야겠니? 후지꼬 내려가지. 얼른 내려와라!"

교시엄마 후지꼬와 함께 교시 방에서 나간다.
후지꼬 안방으로 들어가고 교시엄마는 솥에서 국을 떠가지고 안방으로 들어간다.

S#10, 교시네 집 안방

안방구석에 30세 가량 보이는 아낙네와 어린 아이가 앉아있다.
교시엄마 국을 떠가지고 들어온다.

후지꼬 : "(교시엄마에게) 누구유? 못 보던 얼굴인데…."

엄마 : "응 어제 저녁에 들어왔는데 너무 늦어서 우리 집에서 잤어. 한 이틀 쉬었다 가겠다고 해서…. (아낙네한테) 이리 와요. 찬은 없지만 한 수갈 같이 뜹시다. 너두 이리 온, 와서 밥 먹자"

아낙네 옆에 붙어 있던 아이가 교시엄마의 말에 아낙네의 눈치를 잠시 살피더니 밥상 앞으로 와 앉는다.

엄마 : "아이 엄마도 이리 오구려. 와서 같이 뜹시다."

아낙네가 밥상 앞으로 와 앉는다.

아낙네 : "죄송합니다."
후지꼬 : "죄송하긴요…? 부담 갖지 마세요. 너두 많이 먹
어라. 이름이 뭐냐?"
아이 : "……."
엄마 : "어른이 물어보면 대답을 해야지."
아낙네 : "덕모예요."
후지꼬 : "응 덕모로구나! 어서 많이 먹어. 얘가 말이 없나
봐요?"
아낙네 : "네. 얘가 원래…."

교시의 나레이션

교시 : "미군부대 안 쪽은 축항으로 군수물자를 실은 미
화물선들이 정박해 있다. 일제 때 일본인들이 축항을
만들어 토양이 좋기로 이름난 경기도 일원에서 수확
한 농산물을 일본으로 수탈해 간 곳이다. 일본인들은
그 농산물 등을 군용미나 일본으로 가져가기 위해 숭
의동과 신흥동 중간 지점에 여러채의 창고도 지었으
며 그 창고 옆에 철길도 설치하여 그 열차가 수원을
지나 경기도 이천, 여주까지 연결되어 있었다. 열차의
철로 양쪽 폭의 길이가 1m도 채 안되는 좁은 철길의

협궤열차였다. 일본인들은 이 협궤열차를 이용해 양곡을 인천축항으로 날랐으며 기다리고 있던 화물선에 선적해 일본을 향해 출항했다. 각가지 명분을 내세워 해마다 3만톤에서 7만톤 이상을 수탈해 가져갔으며 1937년에는 쌀만 1,300만톤 이상을 일본으로 가져갔다.

8.15 해방을 맞이하고 그 후 6.25가 발발해 이제는 그 곳에 미군들이 주둔하고 있다.

미 화물선과 UN군들이 군수물자를 실어와 전선으로 수송했다. 3·8선에는 휴전이 됐다고 하드래도 언제 또 전쟁이 터질지 모를 상황이었다. 이 축항이 있는 미군부대 앞에 교시네가 2층집에 살고 있었다."

S#11, 2층 계단

순임이 이모와 순임이가 계단으로 내려온다.
순임이 손에 팥죽이 든 냄비가 들려져 있다.
순임이 이모와 순임 교시엄마가 있는 안방으로 들어간다.

이모 : "그동안 입에 풀칠하기 바빠 인사도 제대로 못들이고 해서…."

엄마 : "원 별말씀을 다. 어서 이리 앉으시구랴…. 식구도 많을텐데 우리 집까지 뭘 이러 걸…."

순임이 이모가 교시엄마가 권하는 자리에 앉는다.

엄마 : "(순임이를 바라보며) 너도 이리로 앉아라. 이 처녀가
막내딸이유? 참하고 똑똑하게 생겼네."

교시의 나레이션

교시 : 순임이를 자세히 보게 됐다. 순임이 이모는 키가 큰
데다 머리는 곱슬머리였고 말씨는 황해도 사투리였
다. 순임이는 깡마른 체격에 눈이 유난히 커 보였다.
그날 밤 순임이 이모는 2층 방으로 올라갈 생각을 않
고 밤새도록 어머니와 얘기를 나눴다. 옹진군에서 어
린 시절 친정집 얘기를 시작으로 시집가던 날 얘기,
6.25사변이 터져 친척 중에 순사로 지낸 사람 때문에
고초를 겪으며 반동집안으로 낙인 찍혀 숨어 지냈던
얘기, 1.4후퇴 때 피난 나오며 죽을 고비를 넘기던 얘
기까지 끝이 없었다. 나는 순임이 이모의 끝없는 얘기
를 들으면서 순임이 이모의 황해도 사투리가 묘하게
매력적이라고 느꼈다.

이모 : "이 야는 제 조카야요. 제레 애미가 제 동생이디오.
동생 남편이 경찰서에 순사로 근무했었다는 구실로
빨갱 이들에게 잡혀가 동생과 순임이가 보는 앞에서
공개 처형 당했고, 그 후…."

교시의 나레이션, 이어진다.

교시 : "순임이 이모는 눈물을 글썽이며 동생의 남편이 죽고 나서도 순임이 엄마가 내무서로 끌려 다니면서 많은 시달림과 고초를 겪다가 풀려나 그 충격을 이기지 못하고 몸져눕더니 끝내 숨을 거두고 말았노라고 눈물을 닦았다. 그때부터 외동딸이었던 순임이는 한 가족으로 살게 되었다고 했다. 순임이 이모부는 길 건너 미군부대에서 통역관으로 취직이 되어 이제는 간신히 입에 풀칠을 할 수 있게 되었다고 했다. 순임이 이모의 얘기를 들으며 함께 눈물을 닦던 어머니도 순임의 이모에 질세라 자신이 고생하던 얘기를 시작했다. 저는 어머니의 고생하던 얘기를 골백번도 더 들어 모두 외울 수 있을 것 같았다. 중국 만주 봉천에서 교시아버지가 목제소와 더불어 통공장을 운영했었다는 얘기를 시작으로 교시가 3살 때 3개국 말을 어찌나 잘하던지 일본사람들을 보면 일본말로, 중국 사람들을 보면 중국말로 또 우리나라 사람들을 보면 우리말을 잘하는지 모르겠다고 은근히 자식자랑을 한동안 늘어놓다가 그 해 8.15해방을 맞아 봉천에서 함께 살던 조선 사람들이 고국인 조선땅을 밟기 위해 너도 나도 떠날 채비를 서두르고 있을 무렵, 중국 공산당들이 교시아버지를 자본가로 몰아 붙잡아 갈 것이라는 소문이 나돌자 교시아버지는 몸을 피신하기로 결심한 어느 날 밤 "당신이 먼저 애를 데리고 조선으로 나가 개성에 있는 시집에 가서 시부모님 모시고 잠시 머물러 있구려. 기회를 틈타 내 곧 뒤따르리다." 하고는 몸을 숨겼

다는 얘기, 그 부분에 가서 어머니는 잠시 얘기를 멈추고 한숨을 푹 내쉬고는 "그것이 교시아버지와의 마지막 이별이 될 줄 누가 알았겠오." 하며 눈물을 흘리고 마는 부분까지도 모두 외울 수 있을 것 같았다. 그래도 저는 어머니가 고생하던 얘기를 할 때마다 턱을 바쳐들고 시무룩한 표정으로 듣고 있다가 저도 어머니를 따라서 눈물이 나올 것만 같았지만 사내 애가 눈물을 보인다고 흉볼 것 같아 억지로 참곤 했었다."

엄마 : "교시 아버지가 나에게 먼저 조선으로 나가라고 일러주고 몸을 피했는데 조금 있다가 밖에서 나를 찾는 소리가 나길레 나가봤더니 우리가 잘 아는 조선여자 둘이 빨리 서둘러 떠나자고 재촉하지 뭐유. 그래서 부랴부랴 그 여자들과 함께 공장정문 쪽으로 가고 있는데 공장일꾼이던 중국사람이 우리를 발견하고는 빨리 숨으라는 거예요. 우리공장으로 중국사람들이 떼지어 몰려오고 있다는 거예요, 글쎄. 그래 다급한 나머지 두 여자와 함께 변소깐엘 들어가 숨었는데 우리가 변소깐으로 숨는 걸 공장에 붙어있는 중국집 계집아이가 보고는 중국 사람들에게 찔렀어요. 그래서 우리 여자 셋이 모두 붙들려 변소깐에서 끌려나왔지 뭐유. 정신이 없습디다. 여자 셋을 가운데 두고 중국놈들이 포위하고 삥 둘러섰는데 손에는 곡괭이, 갈쿠리, 몽둥이 같은 것들을 다 들었습디다. 나는 그때 이미 혼이 나갔지 뭐유. 앞이 캄캄한게 이렇게 죽는구나! 하고 있

을 때 한 동네 함께 살던 중국사람 하나가 이 여자들
은 착한 사람들이라고 말립디다. 그러는데 어떤 중국
놈이 몽둥인지 뭔지를 가지고 내 머리를 후려친 거예
요…. 순간에 당한 일이라 정신이 없었어요."

당시의 회상 장면이 화면에 전개된다.

S#12, 목재소 정문 앞

중국사람들이 한국여성 세 명을 포위하고 각종 농기구를
들고 위협하고 있고 일부 중국인들이 폭력을 행사하고 있
는 중국인을 말리고 있다.
순간 중국인 한 명이 몽둥이로 교시어머니의 머리를 내리
친다.
머리가 터져 피가 등으로 흘러내려 옷에 붉은 피가 번진다.

S#13, OL 무수히 펼쳐진 갈대 밭

갈대밭을 교시를 업고 정신없이 도망치듯 뛰어가는 교시
엄마.

엄마 : "(정신이 나가 외친다) 여보! 여보…!"

S#14. 교시네 집 안방
교시엄마가 자신의 머리를 파헤쳐 머리에 난 상처를 순임

이 이모에게 보여준다.
순임이 이모 상처를 본다.

이모 : "아이고 망할 놈들…! 저희나라 백성이나 우리나라 백성들이 똑같이 일본놈들에게 핍박을 받아왔는데…. 중국놈들이레 어째서 우리나라 백성들에게 그런 못된 짓을…. 쯔쯔쯔. 기레서 어케 됐습네까?"

교시의 나레이션

교시 : "어머니와 순임의 이모의 고생하던 얘기는 끝이 없었다. 그 후에도 어머니와 순임이 이모는 서로 만나기만 하면 똑 같은 얘기를 시간 가는 줄 모르고 하곤 했었다. 나에게는 의붓아버지도 있었다. 어머니는 아버지를 10년 이상 기다렸지만 아버지는 끝내 돌아오지를 않았다. 우리가 송월동 집에 살고 있을 때 한동네 아주머니 한분이 "교시엄마 이젠 그만 잊어버려. 교시 아버지가 살아있었다면 여태껏 연락이 없었겠어. 벌써 소식이 있었겠지. 그리고 이제는 남북이 가로막혀 오도 가도 못하게 됐잖아. 마음 단단히 먹고 교시하고 열심히 살아갈 생각이나 해!"라고 일러주던 날밤 어머니가 베개를 적시며 흐느껴 우는 모습을 잠에서 깨어나 보았다.

그런 일이 있고 난 후 어머니는 아버지에 대한 모든 것을 잊기로 한 모양이다. 아버지를 어머님은 가슴속

깊이 묻고 그 마음속에 빗장을 걸어 닫았다. 그리고는 동네 사람들의 중매로 박순학이라는 피난민과 재혼을 한 것이다. 그리고는 송월동을 떠나 이 동네로 이사 와서는 순임이 이모나 동네사람들에게 끝내 재혼했다는 얘기는 안 했다. 1.4후퇴 때 피난 나와 미군부대에서 목수일을 하고 있는 박순학이라는 황해도 연백 사람이었다. 고향에 처자를 두고 단신으로 피난 나온 피난민이었다.”

S#15, 거리

중학생복 차림에 책방을 옆구리에 낀 교시와 교시의 친구 영태. 질퍽한 거리를 뛰어간다.
영태는 숙제를 해 느긋하지만 교시는 숙제를 못해 불안하다. 빨리 학교에 가서 영태의 숙제노트를 베껴 쓸 참으로 뒤에 쳐져 따라오고 있는 영태를 재촉한다.

교시 : “(저만치 뒤쳐져 따라오고 있는 영태를 향해) 야, 영태야 빨리 좀 뛰어!”
영태 : “(숨이 차서) 야 교시야, 숨차단 말이야. 좀 천천히 가자.”
교시 : “너처럼 굼벵이처럼 굴다가 언제 학교에 도착하겠니? 수업시간 전에 숙제를 베껴야 할 것 아니야!”
영태 : “누가 너보고 숙제를 안 하라고 그러든? 지가 숙제를 못하고 나서 나까지 이렇게 고생을 시켜!”

교시 : "그래서 너한테 초코릿 주었잖아!"
영태 : "알았어, 임마!"

교시와 영태. 부지런히 뛰어간다.

학교 정문을 들어가는 교시와 영태
카메라 뒤에서 따라가면 운동장이다.
운동장에서는 야구선수들이 야구연습이 한 참이다.

S#16, 계단

부지런히 계단을 올라가는 교시와 영태.
카메라 뒤따라간다.
복도에 올라 교실 문을 열고 들어가는 교시와 영태.

S#17, 교실

교실 안으로 문을 열고 들어서는 교시와 영태.
교실안 분위기가 살벌하다.

교시의 나레이션

교시 : "수학선생 김병수 선생은 깡마른 체격에 키가 크고
움푹 들어간 눈에 광대뼈가 불거져 나와 신경질적인
인상을 풍긴다.

김병수 선생은 학생들 보다 일찍 교실에 나와 교실로 들어서는 학생들에게 일일이 숙제노트를 체크하고 있었다. 악당이라는 별명을 갖은 선생님답게 김병수 선생은 반장 손석환을 시켜 노트를 거둬들이고 있었다. 숙제를 해왔나 안해 왔나 확인 작업을 실시하고 있는 중이다.

교시와 영태가 숨을 헐떡이며 교실에 들어섰을 때 이미 노트를 제출하지 못한 학생 셋이나 제자리에 들어가지 못하고 교실 창문이 붙어있는 쪽에 붙어 서서 불안에 떨고 있다.

김병수 선생은 한쪽 손에 야구방망이를 들고 교실로 들어서는 학생들을 일일이 노려보며 체크하고 있다.

교실 밖 운동장에서는 야구선수들의 소음이 교실 안까지 들려왔다.

김병수 선생은 학생들보다 한 수 위였다.

숙제를 못해온 학생들이 학교에 등교하여 숙제를 해온 학생들의 노트를 베낀다는 것을 예상하고 사전에 차단하고 나선 것이다. 또 한편으로는 말썽꾸러기 학생들에 대해서도 사전에 기선을 잡아 보자는 선생의 속셈이 있었다.

교시가 다니는 중·고등학교에는 학생 깡패들이 많았다. 중학생들 중에도 19세, 20세 가량보이는 큰 학생들도 더러 있었고 대부분 운동선수들로 고등학생들도 이런 학생들에게는 꼼작을 못했다.

때로는 수업시간에도 치고 박고 싸우는 학생들이 있

는가 하면 장난질이나 소란을 피우는 학생들도 있었다. 다른 학과 선생들은 이런 학생들에게 주의만 줄뿐 별 도리가 없었다. 은근히 이런 학생들에게 겁을 먹고 있었다. 이런 학생들을 다루기 위해서는 김병수 선생처럼 무섭게 다루지 않을 수가 없었다.
교시는 이제 죽었구나 생각했다.

영태, 교시를 힐끗 쳐다보고는 숙제한 노트를 책가방에서 끄집어내어 반장에게 건네주고 제자리로 들어가 앉았다. 숙제를 못해 머뭇거리는 교시에게 반장이.

반장 : (속삭이는 말로) "숙제 못해 왔으면 저기가 서 있어!"

하는 소리에 정신이 돌아온 듯 김병수 선생의 눈치를 살피며 창문이 있는 쪽에 학생들 틈에 섞였다.
학생들이 추가로 두 명이 더 숙제를 못해 이들과 함께 벌을 받게 되었다.
김병수 선생은 아무일도 없었던 것처럼 수업부터 시작했다. 40여 분간 수업시간이 진행되는 동안 벌 받을 학생들은 그 자리에 우두커니 서 있었다. 시간이 흘러가면서 벌 받을 학생들과 교시는 이렇게 서 있는 것으로 체벌이 끝나는 줄로만 알았다.

학생 A : "수업시간 끝나면 이렇게 벌 세운 것으로 끝이겠지?"

학생 B : "끝이겠지 뭐…. 지금도 다리가 저려오는데."
학생 A : "(허벅지를 주무르며) 나두 다리가 저려. 시간이 왜
　　　　이렇게 안 가냐?"

김병수 선생이 이쪽을 노려본다.
수군거리던 학생들 고개를 숙인다.

김병수 선생은 수업을 마치고 교무실로 돌아가지 않고 체
벌을 시작했다.

선생 : "(덕만과 홍수에게) 니들 둘 이리 나와! (덕만에게) 너
　　　는 엎드려 뻗쳐 자세 취하고 (야구방망이를 건네주며)
　　　너는 덕만이의 엉덩이를 힘껏 내리친다, 알겠나!"

선생 : "내말 안 들리나? 내리 쳐!"

야구방망이를 받아 쥔 홍수는 덕만이의 엉덩이를 내려치
지 못하고 망설이고만 있다.
이때 김병수 선생의 오른 쪽 주먹이 홍수의 뺨을 후려쳤
다. 홍수가 교실바닥에 쓸어졌다가 얻어맞은 뺨을 어루만
지며 일어섰다.

선생 : "(착 가라앉은 목소리로 싸늘하게) 선생님 말을 안 들
　　　을 거야?"

홍수는 그 자리에 꼼짝도 안 하고 얻어맞은 뺨만 어루만지고 있다.
선생의 주먹이 또 홍수의 턱으로 날라 갔다.
홍수가 '어이쿠' 하고 나가 떨어졌다.
악에 바치듯 일그러진 얼굴로 일어나는 홍수.

선생 : "숙제를 못해온 대가로 다섯 대씩이다. 그리고 한 대씩 번갈아가며 쳐! 알았지? 그럼, 시작해!"

홍수가 선생님의 명령이 떨어지자 억제되어있던 감정과 분노가 솟구치듯 야구방망이를 높이 치켜세우더니 덕만이의 엉덩이를 향해 힘껏 내려쳤다.
야구방망이로 얻어맞은 덕만이는 엉덩이가 빠개지는 듯 아픔으로 비명을 지르며 교실바닥을 딩군다.

선생 : "다음은 네 차례야!"

선생은 홍수에게 엎드리라고 해 놓고는 교실바닥에서 엉거 추춤 일어나며 엉덩이의 아픈 통증 때문에 인상을 잔뜩 찌푸리고 있는 덕만이에게 방망이를 건네준다.
덕만이도 야구방망이로 맞은 통증이 악을 바치게 했다. 이번에는 덕만이가 복수심에 덕만이의 엉덩이를 죽기 살기로 힘껏 내리쳤다. 홍수도 참을 수 없을 만큼의 통증으로 인해 온몸에 경련을 일으키며 비명을 질렀다. 이들은 김병수 선생님을 가운데 두고 서로가 적개심을 품은 듯 상대방을 무섭게 내리쳤다. 그럴 때마다 교실 안은 숨죽은 듯 고요한 가운데 고통의 신음 소리만 울렸다. 교실 밖 운동장에서 야구 감독의 목소리가 또다시 들려왔다.

목소리 : "어깨를 높이 치켜들고 이렇게 휘둘러야지. 자 다시 한 번…. 옳지, 그렇지! 그렇게…."

체벌의 현장을 목격하며 주눅이 들어 교실에 앉아있는 학생들은 야구감독의 말이 우연히도 이곳에서 벌어지고 있는 체벌의 현장과 일치한다고 생각하고 웃음이 났으나 웃을 수가 없었다. 김병수 선생의 냉정하고 싸늘한 표정으로 교실 안 학생들을 지켜보고 있었기 때문이다.

S#18, 이층집 앞 길가

교시엄마와 순임이 이모가 대화를 나누고 있다.

이모 : "어디 가시려고?"
엄마 : "그냥…. 바람이나 쏘일까 하구…."
이모 : "왜? 무슨 일이라도 생겼시오? 팔팔로에서 내려오시게…?"
엄마 : "무슨 일은! 그냥 바람 좀 쏘일까 해서 오라갔다 내려오는 길이라니까!"
이모 : "기찬아두 교시 오마니 만나 할 얘기가 있었는데…."

엄마 : "나한테?"

이모 : "돈벌이할 게 하나 있는데…. 나하고 안해 보갔시
오?"

엄마 : "돈벌이…? 뭔데? 돈벌이 할게 뭐 좋은 게 있소?"

이모 : "순임이 이모부레 나보고 세탁해 줄 사람을 소개해
보래요. 미군 군인들 세탁할 옷인데 여러 명 되나 봐
요. 좋은 기횐데 남 줄게 뭐 있시오. 우리가 해서 돈
벌지. 안 그래요, 교시오마니!"

엄마 : "좋지요. 한번 해 봅시다. 마음도 심란한 판국에 잘
되었네. 그건 그렇고 순임이 이모 교시 때문에 속상해
죽겠어."

이모 : "교시? 교시가 왜? 교시가 또 말썽이라도 부렸
나…?"

엄마 : "바쁘지 않으면 나하고 사거리 약국이나 갔다 오십
시다. 바람 쏘이며 얘기도 나눌 겸 의논할 말도 있구."

이모 : "왜 교시가 어디 아파요?"

엄마 : "아이구 내 속이 속이 아니요!"

교시의 나레이션

교시 : "어머니는 순임이 이모와 사거리 약국을 가면서 교
시의 문제를 어떻게 풀어야할지 모르겠다고 푸념을
늘어놨다. 순임이 이모는 이모대로 교시엄마에게 부
탁이 따로 있었다. 교시네 부엌 큰길가로 나가는 문
옆에 조그만 빈 창고를 순임이 공부방으로 개조해서

쓰는 문제였다. 이층방에서 여러 식구가 잠을 자는데 밤늦게까지 불을 켜놓고 공부하는데 어려움이 있다는 것이다. 또 새벽같이 일어나 직장 갈 준비를 하는데 순임이가 밤 늦도록 불을 켜놓고 공불하면 다른 가족들이 수면에도 지장이 있고 해서 아래층에 있는 자그만 빈 창고를 순임이 공부방으로 이용할 수 있게 해달라는 부탁이었다. 누이 좋고 매부 좋은 조건부 부탁이었다. 어머니는 잘됐다고 생각하고 쾌히 승낙했다. 그렇게 해서 순임이는 교시의 숙제와 공부를 가르쳐주게 되었다. 처음에는 순임이도 싫다고 난리를 쳤고 교시는 교시대로 학년도 자신이 위인데 어찌 아래 학년인 순임이에게 공부를 배울 수 있냐고 난리를 부리고 고집을 부려 어머니는 비상수단으로 평소에 교시가 사달라던 중고 자전거 하나를 사준다는 조건으로 겨우 허락을 받아냈다."

S#19, 교시네 이층집 앞

하숙꾼들 ABCD가 직장을 가기 위해 문을 열고 나온다.

S#20, 이층 교시 방

엄마가 아침식사를 쟁반에 받혀들고 이층 교시 방으로 들어온다. 요위에 누워있는 교시.
엄마 : "얘 교시야, 밥 좀 먹어볼래. (교시의 이마를 짚어보

고) 아이고 얘 머리가 불덩어리네. 아니, 그래 숙제 좀 안해 갔다고 사람을 이 지경으로 만들어! 얘를 아주 죽일 작정으로 패지 않고서야…. 깡패 학교라고 소문이 자자하더니 선생들까지도 깡패인가 원, 어디 보자 얼마나 부어올랐는지….”

교시 : “(계속 신음소리를 낸다).”

엄마 : “(옆으로 돌아누운 교시의 엉덩짝을 까 보더니) 아니, 얘를 이렇게 되도록 때리다니….”

교시 : “어머니는 속이 상했다. 하나밖에 없는 무녀 독남 외아들에 금이냐, 옥이냐 키워왔던 자식 아닌가. 그런 자식을 이토록 패다니…. 그러나 또 한편 생각해보면 공부는 뒷전이고 천방지축으로 밖에 나가 자전거에 미쳐 놀기만 하는데 정신이 팔려있는 교시가 언제나 철이 들어 사람구실을 할지 걱정이었다.”

엄마 : “(약을 발라주며) 맞아도 싸다 싸, 공부 좀 해라 해라, 그렇게 일렀는데 나가 놀기만 하는데 정신이 팔려있으니 공부는 언제 해! 아이고 내 팔자야, 내 팔자. 그래도 뭣 좀 먹어야 낫는다. 일어나서 억지로라도 이것 좀 떠봐라.”

교시 억지로 인상을 찌푸리며 일어나 앉는다.

교시 : “엄마. 하숙꾼 아저씨들 내가 학교 가서 매 맞고 온 것 모르지? 그리고 순임이 이모한테도 얘기 안 했지?”

엄마 : “그래도 공부 못하는 게 부끄러운 줄은 아는 모양

이구나. 누가 알까 봐 겁을 먹게…. 그래 이것아, 공부
좀 해! 공부해서 남. 주냐, 남 줘!"

교시 : "알았어요. 그만 좀 하세요. 아파죽겠는데 엄만…."

엄마 : "아이고 난 모르겠다. 네가 커서 어른이 되면 사람
구실이나 제대로 하며 살아가려는지 앞날이 캄캄하기
만 하구나! 아이구 내 팔자야, 내 팔자!"

S#21, 이층집 앞거리

사칭 미정보원이라는 너구리가 교시네 집으로 들어간다.
이 모습을 긴 나무의자에 앉아있던 동네 양 색시들이 바라
보고 있다.

도시꼬 : "후지꼬한테 세금 받으러 교시네 집으로 들어가
네."

다이아나 : "후지꼬가 호락호락 돈을 내 놓을까…. 요즘 수
입도 없어 교시네 방세도 밀렸다고 하던데…."

쪽바리 : "미 정보원이라고 하던데 진짜 미 정보원인가?"

도시꼬 : "그걸 누가 알아? 미 헌병들이 단속이 나오는 것
을 미리 막아준다고 세금을 바치라는 거잖아!"

다이아나 : "요즘 미군들도 중앙동으로 젊은 꽃 찾아 모두
가 그리로 가고 여기는 나이 많은 미군들만 오는데 그
것도 요즘은 뜸하잖아. 너도 나도 수입이 없어 끼니
때우기도 힘들어 꿀꿀이죽 신센데 돈이 어디 있다고
저렇게 세금을 걷으러 다니는 거야, 나, 원 참!"

도시꼬 : "글쎄 말이지!"

S#22, 교시네 이층집

계단을 올라가는 너구리.
교시방문을 열고 들어가 후지꼬의 방문 앞에 선다.

너구리 : "어이 어이 안에 있어?"
후지꼬 : (방문을 열고 내다보며) "뭐예요…?"
너구리 : "다 알면서 뭘…. 당신이라고 빠질 수 없잖아. 다
　　　　들 내는데…."
후지꼬 : "뭘 빠져요, 내가…? 남은 지금 돈이 없어 밀린 방
　　　　세도 못 내고 있는 형편인데…. 이러구 저러구 간에
　　　　난 댁한테 줄 돈도 없고 또 돈이 있다고 해도 댁한테
　　　　줄 돈은 없어요. 그렇게 알고 돌아가 주세요. (방문을
　　　　닫으려한다)"
너구리 : "(닫으려는 방문을 손으로 막고) 이거 왜 그래? 딴
　　　　여자들은 모두 이 동네를 위해 협조를 하는데 유독 당
　　　　신만 삐딱해! 알았어? 좋게 말할 때 어서 돈을 내지,
　　　　엉? 이게 다 당신들을 위해서 하는 짓이 아니야?"
후지꼬 : "엠피에게 잡혀가든 말든 그건 내 일이고 당신이
　　　　참견할 일이 아니잖아. 당신에게는 돈이 생겨도 절대
　　　　못 줘! 당신 마음대로 엠피에게 가서 찌를 일이 있으
　　　　면 찌르든지 마음대로 해!"
너구리 : "뭐야…! 마음대로 해? 이젠 배짱이네!"

후지꼬 : "당신이 나하고 무슨 상관인데 돈을 내라마라 강
요하는 거야? 갈보짓 하는 것도 억울해 죽겠는데…."
너구리 : "어디 양키들한테 그 씹구멍 팔아먹을 수 있을 것
같아? 뭐 이런게 다 있어?"

후지꼬는 쾅하고 문을 닫는다.
문 앞에 서 있던 너구리.

너구리 : "(씩씩 거리며) 요 씨, 두고 보자!"

돌아서서 교시방을 나가 계단으로 내려간다.

S#23, 교시네 집 안방

아낙네가 교개를 숙이고 앉아있다.
그 옆에 덕모가 제 엄마 옆에 치맛자락을 붙들고 앉아
있다.
한동안 덕모엄마를 안타까운 표정으로 지켜보고 있는 교
시엄마.

엄마 : "덕모엄마 어서 말좀 해보구려. 답답하게 그렇게 있
지만 말고. 덕모엄마도 알다시피 우리집은 하숙을 쳐
서 먹고 사는 하숙집이야. 그건 알고 있지. 처음에 우
리집 왔을 때 한 이틀간만 머물다 가겠다고 해 놓고
이십일이 지나 한 달이 다 되어가고 있잖아! 그리고

내 이런 말은 안 하려 했는데 요즘 같은 세월에 굶어
죽는 사람들도 있다는데 덕모가 좀 많이 먹어…? 그
래, 언제쯤 떠날 거야?"

덕모엄마 : "…….."

엄마 : "속 시원히 말을 안 하는 걸 보니…. 말 못할 사정이
있는 모양인데. 요즈음 같은 난리 통에 속사정이 없는
사람이 어데 있겠어. 그래, 앞으로 어떻게 할 작정이
야. 우리집에 아예 붙어살겠다는 배짱은 아니겠지. 그
래 어데 갈 데는 있기나 한 거야…?"

고개를 숙이고 버선만 만지작거리고 있는 덕모엄마.

엄마 : "말을 해 보라니까…!"

덕모엄마 : "…. 염치가 없어서."

엄마 : "이제 와서 염치고 뭐고 따질 게 뭐 있어. 덕모엄마
도 앞으로 살날이 구만리 같고…. 덕모 장래도 생각해
야 하고, 학교에 다녀야 할 나인데. 그냥 놀고 있잖아!
또 이렇게 마냥 우리 집에 있을 수 만은 없는 것 아니
야, 안 그래 덕모엄마!"

덕모엄마 : "미안합니다. 입이 열 개라도 할 말이 없습니
다. 저…. 사실은…."

엄마 : "사실은 뭐? 시원하게 말을 해 보라니까!"

덕모엄마 : "사실은…. 갈 데가 없어요."

덕모엄마 흐느껴 울기 시작한다.

덕모도 엄마 따라 울음을 터트린다.

엄마 : "아이고 덕모엄마! 울면 어떻게…? 내가 지금 당장
나가라고 내쫓은 것도 아니고. 내가 언제 덕모엄마 보
고 지금 당장 나가라고 했어? 눈치를 보니까 당장 오
갈데 없이 막막한 것 같아 나두 답답해서 물어본 것뿐
인데…."
덕모엄마 : "정말 죄송합니다."
엄마 : "마침 교시아버지도 집에 없고 하니 며칠 더 묵어
가는 것이야 기왕 이렇게 된 거 어렵기야 하겠어! 우
리 집에 하숙하는 집이라 하숙꾼들 빨래다 뭐다 해서
일손도 딸리던 차에 덕모엄마가 힘이 돼주어 잘 됐지.
또 한편 고맙기도 하고. 여하튼 당분간 걱정 말고 우
리하고 같이 지내보자고."

하숙꾼 쿡 권씨가 방문을 연다.
방안을 보더니

권씨 : "저 왔습니다. 얘기 중이시군요."
엄마 : "쿡 권씨로구만. 이제 퇴근했구먼. 내 정신 좀 봐 하
숙꾼들도 들어 올 시간인데 아직 저녁밥도 안 올려놓
고 있다니. 권씨는?"
권씨 : "저는 부대에서 한술 뜨고 왔어요."

교시엄마와 덕모엄마가 일어나 부엌으로 나온다.

엄마 : "매일 먹는 양식이 물리지도 않아!"
권씨 : "전 물리지 않는데요."

쿡 권씨가 덕모엄마의 옷깃을 툭 치고는 자기의 방으로 가기 위해 뒤란으로 가면서 덕모엄마에게 눈짓을 한다. 덕모엄마가 눈치 채고 뒤란으로 간다.
쿡 권씨가 손에 든 봉지를 덕모엄마에게 건네준다.
덕모엄마는 받아든 봉지를 치마폭에 감춘다.

S#24, 이층 이모네 방

이모와 이모부 언니 가영, 복영 순임이 등이 땀을 흘리며 칼국수로 저녁을 먹고 있다.

이모부 : "고저 이렇게 더울 땐 뜨끈한 걸 먹고 땀을 빼는 게 최고야. 안 그렇네? 이열치열이라고 고저 시원하구만…!"
이모 : "남·북한 포로교환이 있다면서요?"
이모부 : "판문점에서 군사정전회의가 열렸는데 이날 유엔군측과 공산권측이 포로송환에 관한 토의가 있었다고 하드군."
이모 : "하문 그게 사실이겠네요. 포로교환이 있을 거라고 벌써 소문이 파다하게 났시오."
이모부 : "기래…? 판문점에서 유엔군 측 대표는 미 극동군사령부 참모부장 브라운 소장이고, 공산군 측은 이

상조 북한군 소장인데 이날 토의에서 합의가 이루어져 곧 실무접촉이 있을 끼야. 그리고 나서 레 다음 달 초닷새부터 교환이 시작될 끼야."

이모 : "거제도 포로수용서에서 포로들을 실어 날라야 되겠네요…?"

이모부 : "기치!"

교시의 나레이션

교시 : 포로교환이 있기 전 많은 비가 쏟아져 내렸다. 홍수가 날 듯 장대비가 그칠 줄 모르고 내리더니 인천시내의 길 거리가 온통 진흙탕으로 변해있었다. 포로교환 수송에 변수가 발생했다. 이날 인천부두에 제일먼저 도착한 북한군 포로들을 하인천 역에서 기차로 송환하는 것이 아니라 화물트럭으로 판문점까지 송환하게 되었다는 소문이 나돌기 시작했다. 몇일 전 서울에도 많은 비가 쏟아져 내리는 바람에 오류역과 소사역 사이가 빗물에 잠기면서 철로선이 이탈하는 사고가 발생하여 수리가 늦어지고 있기 때문에 부득이 화물트럭으로 송환하게 되었다. 소문을 들은 많은 시민들은 트럭이 가는 길가에 모여 돌을 쌓아놓고 포로를 실은 트럭이 지나기를 기다리고 있 었다.

S#25, 길거리(대로)

인천시민들이 북한군 포로들이 지나가는 길거리로 모여들어 돌을 싸놓고 화물트럭이 지나가기를 기다리고 있다. 쌓아놓은 돌은 포로들을 향해 던질 돌이었다.

S#26, 교시네 집 앞 수돗가

순임이가 이모와 함께 빨래를 하고 있다.
순임이는 빨래를 하면서도 무언가 쫓기는 사람처럼 안절부절하면서 초조해하고 있다.
한동안 열심히 빨래를 하고 있던 이모가 둘러보니 순임이가 보이지 않는다.

> **이모** : "아니, 애레 빨래를 하다말고 어디 메를 간기야…?
>   뒷간엘 같나…?"

#S27, 길거리(대로)

큰길가에 모여 있던 사람들이 포로를 실은 트럭이 지나가자 돌을 던진다.
포로들도 길거리에 있는 사람들을 향해 맞대응으로 손에 쥐고 있는 스텐그릇 등을 던진다.

> **행인A** : "이 나쁜 놈의 새끼들아!"
> **행인B** : "(돌을 던지며) 빨갱이 놈들아 이거나 먹어라!"
> **행인C** : "(돌을 던진다) 철천지원수 놈들아!"

행인A : "(계속 돌을 던지며) 나쁜 놈! 이 빨갱이 놈!"
포로들 : "자본주의 개새끼들아 이거나 먹어라! 미 제국주의 반동들아 이거나 처먹어라!'

여기저기 고함이 타져 나오고 포로를 실은 화물트럭은 먼지를 날리며 계속 지나간다.
이 사람들 틈에 순임이가 있다. 순임이 얼굴에 땀이 볼을 타고 흘러내리고 있다.

회상.

공산당원 청년들이 팔뚝에 붉은 완장을 차고 순임이네 집에서 순임이 아버지를 강제로 끌고 나온다.
마당에는 따발총을 어깨에 멘 인민군이 지켜보고 서 있다.
뒤따라 나오는 순임이 어머니와 순임.
마당으로 끌려나와 엎어지는 순임이 아버지.
청년당원들은 날카로운 대나무장대를 들고 있다.
당원들이 순임이 아버지를 일으켜 세워 앞장세우고 뒤에서 따라간다.

OL,

산 중턱에까지 끌려온 순임이 아버지. 순임이 어머니.
순임 어머니 : "(젊은 공산당 청년의 바지를 잡고) 좀 살려 주시라요. 내레 잘못했다고 빌갔시오. 제발 살려 주시라

요."

청년당원A : "이 반동이레 일본 놈들에 앞장서서 순사로
지내면서 인민들을 핍박하고 능멸 안했겠으리? 열
번 아니라 백번 죽어도 용서치 못 할끼요!"

청년 당원들이 날카로운 대나무 창으로 순임이 아버지의
가슴을 찌른다. 가슴에서 붉은 피가 쏟아진다.
계속해서 대나무 창으로 순임이 아버지의 가슴과 배를 찌
른다.
순임이 아버지 비틀거리다 쓰러진다.
순임과 순임이 어머니의 비명소리.

회상 장면 사라지며 OL 되면 순임의 얼굴.

S#28, 순임이네 집 안방

순임이 어머니가 병석에 누워 죽음을 맞이한다.
그 옆자리에 통곡하는 순임.

순임 : "(통곡하며) 엄마, 어, 엄마 이렇게 죽으면 어떻해?
죽지 마, 엄마 죽지 마!"

S#29, 큰길가(대로)

순임이의 온몸이 부들부들 떨린다.
사람들은 계속해서 지나가는 트럭을 향해 돌팔매질을 한다.

순임의 손에도 돌 하나가 들려 있다.

돌을 꽉 움켜쥐는 순임의 손. 그 손도 떨린다.

"이 빨갱이 나쁜 놈들아!, 이 철천지 원수 놈들아!, 이 개 색끼들아!" 사람들의 고함소리.

지나가는 화물트럭에 포로가 피투성이가 된 얼굴로 순임의 시선과 마주쳤다. 화물트럭의 포로는 순임이를 노려본다. 그 눈빛이 증오와 처절함이 뒤범벅이 된 채 순간적으로 지나쳤지만 그 포로의 잔영이 순임의 머릿속에 오랫동안 남아 아른거린다. 순간, 순임이 머리에 통증을 느끼며 찢어지는 아픔이 몰려와 순임 양 손으로 머리를 감싸며 주저앉는다.

주변에 있던 남자가 순임이를 부축하다시피 안전지대에 순임이 몸을 숨겨놓는다.

행인 : "아이고 이 피 좀 봐! 저놈들이 마구잡이로 집어던지는데 여기 이렇게 있으면 어떻게? 피하질 않고…."

행인 다시 도로가로 간다.

"아니 얘가? 하는 이모의 모소리가 들려온다.

이모, 피를 흘리고 있는 순임이를 발견하고.

이모 : "내 이럴 줄 알았다니까. 이런 험한 덴 뭐하러 나오네, 나오길? 어 엉? 뭐 하러 나와서 이 꼴이네? 고저 속상해 죽갓구만. 어데 좀 보자우. 얼마나 다쳤는지…."

순임이 머리 한 부위에 붉은 피가 땀과 함께 얼굴로 흘러 내리고 있다.

이모 : "아이고 찢어지기도 많이 찢어졌구만! 안 돼 같다. 빨리 병원엘 가봐야겠다. 그리고 손에 쥔 건 뭐네? 그 건 돌이가? 버리라우 버려! 그 돌은 뭐하려고 손에 들고 있네, 버리라! 버리라니까!"

그러나 순임이는 돌을 쥔 손에 힘을 준다. 보물을 움켜 쥔 것처럼 더욱 힘을 준다. 그 손이 떨린다. 보다 못한 이모 가.

이모 : "(순임이 손에 돌을 빼앗으며) 이까진 돌맹이로 무얼 한다고 이렇게 꽉 움켜잡고 있네?"

순임이는 그제야 정신이 돌아온 듯 그 자리에 주저앉아 울 음을 터트린다.

순임 : "오마니, 오마니! 아바지! 오마니, 아바지! 아, 아 엉 엉… 아바지! 오마니, 오마니… 엉엉엉…."

피와 땀이 범벅이 된 순임의 얼굴에 눈물까지 흘러내린다. 이모는 머리에 쓰고 있던 수건으로 우선 순임의 얼굴에 묻 어있는 피와 땀, 눈물을 닦아준다. 순임을 닦아주던 이모 도 울컥 울음이 쏟아져 나온다. 순임을 닦아주다 말고 순임을 끌어안으며 통곡한다.

이모 : "(통곡하며, 주문을 외듯) 아이고 이 불쌍한 것아, 이
　　　불쌍한 것아! 어쩌자고 이 어린 것만 남겨놓고 먼저들
　　　같네, 먼저들 갔어!"

S#30, 학교 교실 안

멍하나 창밖을 바라보고 교시.
자꾸 순임이 얼굴이 떠오른다.

S#31, 쪽방

순임과 교시 책상을 앞에 두고 마주 앉아 공부하고 있다.

순임 : "숙제를 나보고 해 달라믄 어쩌니? 네가 해야지! 그
　　　럼 우선 구구단부터 외 보라우. 알 갓네?"
교시 : "이까지 것 금방 외지 못 욀까봐!"
순임 : "하믄 여태 그까짓 거 못 외우고 쩔쩔 메고 있었
　　　니?"
교시 : "쩔쩔 메긴 누가 쩔쩔 메?"
순임 : "(눈을 흘기고 나서) 일주일만 외어 보라. 기럼 저절
　　　로 외어질 거니끼니!"

S#32, 학교 교실 안

1교시가 끝나는 종이 울리자 학생들이 교실 밖으로 우루루 나간다. 교시는 노트에 순임이가 적어 준 구구단을 멍하니 바라보고 있다. 교시 친구 승원이가 교시 옆자리에 앉는다.

승원 : "(교시 어깨를 툭 치며) 야, 넋 나간 놈처럼 뭘 그렇게 열심히 생각하고 있니?"

교시 : "으응, 아무것도 아니야…."

승원 : "그런대도 수업시간에도 그렇게 넋이 빠져 창밖만 바라보고 있었니? (교시의 이마에 꿀밤을 먹이며) 미친 놈!"

교시 : "아야, 아파 임마!"

승원 : "수상한데…. 너, 무슨 일이 있구나…? 빨리 말해 임마! 터지고 나서 불지 말고… (교시의 노트를 보고) 너 이제 구구단 외우냐?"

교시 : "구구단…?"

승원 : "그래 임마, 네 노트에 적어 놓은 거. (노트를 집어들며) 이거 말이야. 이거 구구단 아니야?"

교시 : "야 임마, 노트 이리 내!"

승원 : "구구단을 적어놓은 글씨가 네 필체가 아닌데…."

교시 : "야, 이리 내놓으라니까!"

승원 : "(노트를 준다) 자식 화를 내기는…. 야, 야 우리 이러고 있지 말고 우리 한 번 쪼라 갈까 나간테 아까마루가 있는데…."

교시 친구 영태가 이들 곁으로 온다.

영태 : "야 니들 뭐하고 있냐? 수업 시간 끝났는데?"
승원 : "너두 갈래, 우리 옥상가서 쫄라고 그러는데."
영태 : "좋지!"

승원이와 영태가 먼저 교실을 나가고 교시가 뒤에서 따라나간다.

S#33, 복도

복도를 가다가 계단을 올라가 옥상 문을 열고 밖으로 나간다.

S#34, 학교 옥상

옥상에 올라온 교시, 승원, 영태.
학교가 6층이라 옥상에서 인천 판자촌 일대가 눈에 들어온다.
옥상 구석으로 가서 승원이가 담배와 성냥을 끄집어낸다.
승원, 담배 한 개피를 뽑아 석냥에 불을 켜 담배에 불을 붙이고 한 모금 빤다. '휴-'하고 담배 연기를 내 뿜는다.
교시가 부러운 눈으로 바라본다.
승원이가 영태에게 담배를 준다.
영태도 승원이처럼 담배를 한 모금 빨고는 '휴우-'하고 연기를 내 뿜는다.

승원 : "(교시에게) 너두 해 볼래? (영태가 담배를 교시에게 건
넨다) 흑 하고 흡입하면서 들이마셔!"

교시 : "(담배를 손에 쥐고) 흡입하란 말이지? (담배를 빨고는
휴 하고 연기를 뿜는다) 이렇게…?"

승원 : "자식은…. 그렇게 빨지만 말고 흑 하고 흡입하라니
까!"

영태 : "줘봐.(영태가 한 모금 빨고 스윽 하고 흡입한다.) 이렇
게 하란 말이야! (담배를 건네준다.)"

교시 : "알았어!"

교시가 담배를 쓱 흡입한다.

승원 : "올치! 더 깊게 들이켜. 연기를 내뿜지 말고. 깊게,
깊게. 그렇지!"

영태 : "(미소를 띠며) 이제야 제대로 됐네. 어이구 힘들다
힘들어!"

교시는 순간 정신이 아득해지면서 주변의 물체들이 '빙빙'
돌아가고 있는 것을 느꼈다. 코와 입에서는 연기가 빠져나
오고 있었다.

승원 : "엇 주, 제법인데…."

승원이의 목소리가 아득히 들려왔다.
교시는 어지러워 몸의 중심을 잡지 못하고 영태에게 의지하며 옆으로 쓸어졌다.

승원 : "처음엔 다 어지러운 거야. 곧 익숙해지면 그때 가선 담배 맛을 제대로 알고 피우게 돼. 야, 야 사내새끼가 그런 정도 가지고 빌빌대냐? 야, 임마 정신 차려!"

수업 종 울리는 소리가 들려온다.
겨울 해가 짧아서인지 서쪽을 향해 기울어 붉게 노을이 진다.
영태와 승원이가 교시를 부축해 옥상 문을 열고 안으로 들어간다.

S#35, 교실 안

칠판에 분필로 한문을 쓰며 지도하는 선생님B.
선생님이 돌아서서 학생들을 바라본다.
교시 심한 메스꺼움과 어지러움 증으로 책상에 엎드려 있다.
선생님이 교시를 바라본다.

선생A ; "거기, 자네 말고 누워있는 학생!"
선생님이 교시 곁으로 다가온다.
교시가 선생님의 음성을 듣고 얼굴을 찌푸리며 상체를 일으킨다.

선생A : "어데 아픈가⋯? (창백한 교시의 얼굴과 진땀이 흐르는 것을 보고나서) 어디가 단단히 탈이 난 게로군⋯! 이러고 있을 것이 아니라 아프면 아프다고 말을 하고 집으로 돌아가서 치료를 받을 생각을 해야지. 가만 있자⋯? 혼자 보낼 수는 없고 누가 이 학생을 데려다 줘야 되겠는데⋯? 이 학생 데려다 줄 사람 없나?"

선생님이 학생들을 훑어보자 주저하고 있던 영태가 손을 번쩍 들었다.

영태 : "걔네 집이 신생동인데요, 제가 잘 알아요!"
선생A : "어, 그럼 자네가 수고를 좀 하게나."
영태 : "네"

영태가 책가방을 챙겨가지고 교시 곁으로 와 교시를 부축해 교실을 나간다. 이 모습을 바라보는 선생A.
승원이는 자기 책상에 앉아 '킥킥' 웃음을 참는다.

S#36. 학교 앞 길거리

교시와 영태가 학교를 일찍 조퇴해 신바람이 났다.
영태 : "야, 교시야. 우리 골목에 들어가 한 번 더 쪼다갈까?"
교시 : "아예 사람을 잡으려고 벼르고 있구나! 넌 내가 죽다 살아난 거 못 봤냐?"

영태 : "야, 너는 잘 몰라서 그런 말 하는 거야. 처음엔 핑
　　　돌다가 차츰 괜찮아지면서 담배 맛이 쌉쌀한 것이 구
　　　수해진단 말야, 임마!"
교시 : "너나 많이 태워라 난 지금도 메스꺼워 쫄 기분 아
　　　니다."
영태 : "아이유, 이 등신! 싫으면 그만둬라."

두 학생 부지런히 걸어간다.

S#37. 교시네 집 앞도로

교시가 걸어와 집으로 들어간다.

S#38. 교시네 집안

교시가 문을 열고 들어온다.
안방 문을 열어보는 교시.
방안에 아무도 없다.
이층 계단으로 올라가는 교시.
이층에 올라와 자신의 방문을 열고 책가방과 모자를 벗어
던진다. 다시 계단으로 내려오는 교시.
순임이 공부방 쪽방 문을 열어 제낀다.
아무도 없는 방안.
화장실을 가기 위해 뒤란 골목으로 들어가는 교시.
화장실 부근에 하숙꾼 쿡 권씨의 방문을 지나치는 교시.

재래식 화장실에 들어가 소변을 보고 나오는 교시.

뒤란 골목길을 빠져 나오다 멈칫 그 자리에 서는 교시.

교시는 뒤란을 나오다 뭔가 사람의 소리를 들은 듯.

그 소리를 확인하기 위해 다시 돌아서 쿡 권씨의 방 부엌 문을 열고 귀를 기울여 본다.

부엌 아궁이에는 타다 남은 불꽃이 재 속에 파묻혀 가물거린다. 방안에서는 여자의 거친 숨소리와 함께 숨죽인 말소리가 새어나왔다.

덕모엄마 : "아이 이러지 마세요…. 누가 들어와요. 누가 들어오기라도 하면 어떻하라구…."

권씨 : "누가 들어온다고 그래요. 이방에는 아무도 안 들어온다니까 그러네…. 지금 집에는 아무도 없다니까! 자, 자, 좀 가만히 있어 봐요."

덕모엄마 : "어머, 어머머 흉해라, 왜 이래요?"

권씨 : "(쉰 목소리로) 덕모 엄마, 덕모 엄마!"

덕모엄마 : "몰라요. 이것 놓으세요. 나갈 거예요. 제발 이러지 말아요."

권씨 : "덕모 엄마, 덕모 엄마! 내 말좀 들어 봐! 덕모 엄마! 내말 좀 들어보라니까! 그동안 덕모 엄말 쭉 지켜봐왔지만 이 세상에 덕모 엄마처럼 참하고 매력적인 여자는 보질 못했어. 이건 진심이야. 그리고 우린 외로운 사람들 아니야…? 외로운 사람은 외로운 사람끼리 서로 서로…."

덕모엄마 : "날 좀 놔주고 말씀하세요. 가슴이 눌려서 터질

것 같아요. 가슴이, 가슴이 당장이라도 터지겠어요.
제발 권씨!"

S#39. 권씨 독방 부엌

교시가 창호지를 뚫고 방안에서 벌어지고 있는 현장을 보
고 있다.
권씨의 방안에서는 권씨와 덕모엄마가 방 한가운데 서서
서로 실랑이를 벌리고 있다.
권씨는 덕모엄마를 끌어안고 있고 덕모엄마는 이런 상황
이 부끄러운 듯 권씨의 얼굴을 외면하면서 권씨의 품에서
빠져나오기 위해 몸을 비틀고 있다.

권씨 : "(하소연 하듯) 나라는 사람을 못 믿겠어? 난 덕모엄
　　마를 사랑한다니까! 정말이야. 앞으로 내가 덕모엄말
　　책임지면 될 것 아니야, 응 덕모엄마! 글쎄 조금, 조금
　　만 가만 있어 보라니까!"
덕모엄마 : "아이 몰라요. 제발 이러지 마시래두…."

두 몸이 실랑이 끝에 '쿠 당 탕!' 하고 요위로 쓰러진다.

덕모엄마 : "어머, 어머머, 어쩜 좋아. 난 몰라. 난 몰라. 난
　　몰라요…. 제발 권씨!"

S#40. 권씨 방 부엌

뚫어진 창호지 구멍으로 계속 방안을 들여다보며 침을 꿀 꺽 삼키는 교시.

S#41. 권씨 방안

뚫어진 구멍으로 교시의 커다란 눈동자.
권씨가 쓰러진 덕모엄마의 배에 기대여 상대방을 제압하고 옷을 벗긴다. 덕모엄마가 권씨가 옷을 못 벗기기 위해 윗도리 깃을 잡고 있지만 어느 틈엔가 권씨의 손과 덕모엄마의 손이 허공에서 허우적거리더니 덕모엄마의 윗도리가 벗겨지고 동시에 커다란 젖가슴이 밖으로 튕겨져 나오며 덕모엄마의 알몸 상체가 드러난다.
덕모엄마는 드러난 젖가슴을 양 손으로 가리고 권씨는 덕모엄마의 양손을 풀어버리려고 애를 쓰며 또 한 차례의 실랑이를 벌린다. 결국 덕모엄마의 젖가슴은 권씨의 손아귀에 의해 정복당하고 만다. 덕모엄마의 젖가슴을 정복한 권씨는 더욱 흥분하여 젖가슴에 머리를 박고 또 한 손으로는 다른 쪽의 젖가슴을 어루만지고 있다.

덕모엄마 : "권씨! 안돼! 안돼! 난, 난, 몰라. 난. 난. 어떡하면 좋아 어떻게 하면 좋아! 응 권씨. 제발…!"

권씨는 다음 행동으로 옮겨갔다.
이부자락을 끌어다 허리께까지 덮고는 덕모엄마를 끌어안고 덕모엄마의 입술에 자신의 입술을 포개고 비벼댄다.

한동안 키스를 퍼부어대던 권씨가 이번에는 덕모엄마의
아랫도리를 벗긴다.

덤모엄마 : "안돼요, 권씨 제발…! 그것만은…. 응, 권씨?
　　아, 아, 안돼!

두 사람의 숨소리는 더욱 거칠어진다.

덕모엄마 : "안돼! 권씨…. 제발…."

덕모엄마의 속내의가 이불 밖으로 던져진다.
권씨는 덕모엄마를 실오라기 하나 없이 모두 벗겨놓고는
알몸이 된 덕모엄마의 몸을 손으로 더듬으며 더욱 씩씩 거
린다.

권씨 : "사랑해…! 덕모엄마…!"

몸을 비틀고 있는 두 사람.
권씨의 입술이 덕모엄마의 목덜미를 더듬어 내려가며 그
입술은 젖가슴 쪽을 향하고 덕모엄마는 계속 가쁜 숨을 토
해내며 신음한다.
상체를 일으키는 권씨. 신속한 손놀림으로 자신의 윗도리
와 아랫도리를 모두 벗어버리고 알몸이 된다.
잠시 후 덕모엄마를 향해 상체를 숙이는 권씨.
덕모엄마의 입술과 목덜미 그리고 풍만한 젖가슴을 혀끝

으로 핥는다.
덕모엄마는 더 이상 참을 수 없는지 권씨의 육중한 몸 밑
에서 꿈틀거리며 '아…!' 하고 신음한다.

덕모엄마 : "(몸을 비틀며) 아, 아, 그 그것만은! 궈…권씨.
안돼!"

순간, 덕모엄마의 입이 크게 벌어졌다.
덕모엄마 몸이 경련이 일듯 부르르 떤다.

S#42. 권씨 부엌

침을 꿀꺽 삼키며 창호지 구멍을 들여다보고 있는 교시.

S#43. 권씨 방안

두 사람의 하반신을 덮은 이불이 서서히 움직인다.

덕모엄마 : "(목소리가 점점 가늘어지며 음색도 변해간다)
아! 아! 권씨! 어… 어떻게 하면 좋아, 응 권씨! 난, 난
몰라!"

이불이 들썩거리며 움직이다가 들썩이던 이불이 두 사람
이 격렬하게 들썩거리고, 움직이고 다시 멈추고를 반복하
면서 하반신에 덮고 있던 이불이 밑으로, 밑으로 흘러내리

면서 벌거벗은 두 남녀의 알몸이 드러난다.

두 남녀가 껴안고 움직이면서 동물적인 신음과 고통을 호소해가며 결합하는 과정을 창호지 구멍을 통해 바라보고 있는 교시도 흥분한다.

덕모엄마의 신음 소리는 높아만 간다.

덕모엄마 : "(눈물을 흘리며 흐느낀다) 음… 음… 몰라 … 난, 난 어떻게 하면 좋아, 응, 응?"

덕모엄마의 손길이 권씨의 머리를 쓰다듬으며 상체를 일으킨다.

교시의 나레이션

교시 : "부엌문 창호지 구멍을 통해 바라보고 있는 동안 이상한 흥분에 휩싸이면서도 혼란스러움을 느끼고 있었다. 조금전까지만 해도 짐승처럼 달려드는 권씨를 향해 완강히 저항하고 있던 덕모엄마의 행동이 일시에 무너지고 있기 때문이다.

권씨를 밀어내기 위한 덕모엄마의 손놀림은 어느새 권씨의 머릿결을 쓰다듬더니 또 그 손길은 권씨의 얼굴을 쓰다듬어 목덜미 쪽으로 미끄러져 가고 있고 그리고는 손에 힘을 주어 권씨의 목을 끌어당기어 입을 맞추어 달라는 듯 자신의 고개를 들어 올리고 입술을 내밀면서 애태를 부리고 있는 것에 혼란을 느끼고 있었다.

한편으로는 덕모엄마의 변해가는 몸짓과 표정 속에 속은 것 같은 생각이 들었다. 항상 힘없이 풀이 죽어 지내 불쌍하게 여겨졌던 덕모엄마!, 평소에 말없이 얌전하기만 했던 덕모엄마! 어떻게 돌변해서 저런 행동을 할 수 있을까…? 쿡 권씨가 미군부대 식당에서 미군들이 먹다 남긴 햄 조각이나 고깃덩어리가 탐이 났던 것일까…? 덕모엄마가 끝까지 저항하기를 바라고 있었다. 그런데 덕모엄마는 잔인한 권씨보다도 더 흥분하여 권씨의 목덜미를 붙들고 통사정이라도 하는 것처럼 몸부림치며 부르르 떨기까지 하지 않는가…?

권씨 : "(마지막으로 상체를 거세게 흔들며) 아! 으윽!"
덕모엄마 : "(쾌락에 극치를 치달으며) 아 웅, 아, 아 으, 으 윽…!"

한동안 조용해지는 두 사람.

S#44, 권씨 부엌

교시가 충혈된 눈으로 권씨의 부엌을 빠져 나간다.

S#45, 교시네 집 앞 거리

덕모가 혼자 땅바닥에 낙서를 하며 혼자 놀고 있다.

교시가 문을 열고 밖으로 나온다.

교시 : "(덕모를 발견하고 곁으로 가서) 덕모야, 여기서 뭐하
　　　니…?"
덕모 : "(누런 코가 입술부근까지 내려와 있다. 힐끗 교시를 쳐
　　　다보고 다시 땅바닥만 내려다본다) …."
교시 : "형하고 저기 올라가서 놀까…? 코가 그게 뭐니? 다
　　　큰 애가. 이리 와 형이 코를 닦아줄게."

교시가 손수건을 꺼내 흘린 코를 닦아준다.

교시 : "자 이제 형하고 올라가자."

교시가 덕모의 손을 잡고 **팔팔**로 꼭대기로 올라간다.

교시의 나레이션

교시 : "미군부대 앞 교시네 이층집 길 건너편에 언덕으로
　　　올라가는 돌계단이 있고 그 돌계단을 올라가면 그 꼭
　　　대기 위에 '월미여자상업고등학교' 교정이 축항을 향
　　　해 등을 돌리고 앉아있었다. 계단이 끝나는 지점에 더
　　　이상 그 학교로 들어갈 수 없게 축대를 높게 쌓아놓아
　　　놓았다. 그리고 주변에는 숲이 있었다. 여름에는 무더
　　　위를 식히기 위해 동네사람들이 이곳에 올라와 축항
　　　도 구경하고 멀리 바다와 갈매기떼들도 바라보면서

시름을 달래기도 하고 두고 온 고향을 생각하기도 했다. 그러나 겨울에는 바다에서 불어오는 바람 때문에 이곳에 올라오는 사람들이 드물었다. 교시어머니도 속상할 때는 자주 팔팔로에 올라왔다.

8.15해방되기 전에는 이 학교자리에 일본 천황을 숭배하는 신사가 있었다. 일본에 의해 식민지화했던 우리 민족들은 이곳에서 신사참배를 강요 당했었다. 그 당시는 신사를 가기위해 이 돌계단을 이용했다. 일본이 항복을 하고 나서 이곳에 있던 신사는 철거되었다. 이 팔팔로 위에 신사는 없어지고 대신 여학교가 세워져 있었다.

그러나 아직도 일본에 의해 식민지화 되었던 잔재는 여전히 남아 있었다. 생활습관, 공무원들의 행정, 법률, 전문용어 등 헤아릴 수 없는 많은 것들을 여전히 사용하고 있었다."

팔팔로 꼭대기까지 올라온 교시와 덕모.

교시 : "(덕모와 함께 자리에 앉으며) 덕모야, 너 몇 살이니…?"

덕모 : "…."

교시 : "너, 네 나이도 모르니…? 벙어리야, 응? 이제 보니 벙어리구나, 그렇지?"

덕모 : "아니…."

교시 : "그럼 몇 살이야…? 몇 살이라고 묻는 거 안 들

려…?"

덕모 : "일곱 살…."

교시 : "으응 일곱 살! 그럼 성은 뭐야…? 네 성씨 말이
야…? 성씨도 몰라?"

덕모 : "(덕모 땅바닥만 내려다보며 낙서만 하고 있다.)…."

교시 : "형이 물어보면 대답을 해야지. 그럼 대답해봐. 성
씨가 뭐지?"

덕모 : "강!"

교시 : "응, 강씨로구나. 강씨?"

덕모가 고개를 끄떡인다.

덕모 : "(힘을 주어 또박, 또박) 강. 덕. 모!"

교시 : 으응! 강. 덕. 모…! 그래. 그렇게 씩씩하게 말을 해
야지! 아버지는 어데 있어…? 먼데 갔어…?"

교시의 나레이션.

교시 : "아버지를 묻는 질문에 덕모는 더 이상 대답을 안
하고 굳게 입을 굳게 다물었다. 더 이상 캐물을 수가
없어 그만 두었다.
멀리보이는 바다의 수평선에는 **황혼** 빛에 구름도 하
늘도 타들어가듯 붉게 물들어가고 있었다.
동네 길가에는 양 색시들이 하나 둘씩 거리로 나와 긴
나무의자에 앉아 하모니카를 잘 부는 다이아나라는

양 색시가 하모니카를 불기 시작했다.
후지꼬도 문을 열고 밖으로 나와 다른 여자들과 합세
하는 모습이 보인다.
다이아나 양 색씨의 하모니카 소리에 도시꼬가 노래
를 부른다."
'이 강산 낙화유수 흐르는 물에
세월에 꿈을 실어 마음을 실어….'

팔팔로에서 내려오는 교시와 덕모.
하숙꾼 4,5명이 일을 마치고 돌아와 교시네 이층집으로
들어간다.

S#46. 교시네 집 부엌

커다란 가마솥의 뚜껑을 열자 김이 뿜어져 나온다.
주걱으로 밥그릇에 밥을 퍼 담는 교시엄마.

S#47. 방안

덕모엄마가 상을 차리고 있다.
상 주변에 둘러앉은 쿡 권씨를 비롯한 하숙꾼들,
그 속에 쿡 교시의 모습도 보인다.

장씨 : "(쿡 권씨의 표정을 살피며) 좀 괜찮아…? 몸살이 났
다고 하드니…."

권씨 : "응, 좀⋯."

교시가 쿡 권씨와 덕모엄마의 표정을 번갈아 바라본다.
덕모엄마의 표정은 다른 날보다 밝아 보인다.
풀이 죽은 모습도 사라지고 눈가에 웃음까지 띠며 활기가
있어 보인다.
반찬을 상 위에 놓으며 힐긋 권씨와 눈을 마주쳤지만 시침
을 떼고 부엌으로 음식을 가지러 쟁반을 들고 나간다.

권씨 : "아주머니가 불을 때 줘서 아랫목에 누워지지면서
　　　땀을 좀 빼고 났더니 훨씬 개운해졌어!"
서씨 : "요즘 감기가 무섭드라구. 잘 먹어야 돼. 어서 많이
　　　먹어 두라구. 객지에서 몸조심해야지⋯."
장씨 : "객지에 나와서 고생하면서 몸 아픈 것처럼 서러운
　　　게 또 어데 있겠나⋯? 입맛이 없드라도 뜨끈한 국물
　　　좀 떠봐. 몸이 좀 풀릴 거야."
반장 : "암, 객지에선 건강이 최고지. 우리가 가진 재산이
　　　라곤 건강 밖에 더 있어? 많이 먹어둬. 먹어야 병도 물
　　　러가는 거야."

하숙꾼들과 밥을 먹고 있던 교시가 쓴 웃음을 짓는다.

S#48. 교시네 부엌

덕모엄마가 방에서 설거지 그릇들을 쟁반에 받쳐들고 부

엌으로 나온다.

엄마 : "(이층에다) 후지꼬…? 후지꼬…?"
후지꼬 : "(목소리만) 알았어, 언니. 내려갈게"
엄마 : "설거지는 나중에 하고 우리도 밥을 먹자"

이층에서 후지꼬가 내려온다.

엄마 : "하숙꾼들은 가운데 방으로 들 갔지?"
덕모엄마 : "네…."
엄마 : "(밥을 퍼 담으며) 그럼 덕모는 밥을 가지고 들어가. 내가 국을 가지고 들어갈게. 후지꼬도 어서 방으로 들어가고."

순임이 이모부와 딸 가영이와 화영이를 데리고 들어온다.

이모부 : "저녁 드시나 봐요."
엄마 : "이제 들어오세요."
이모부 : "네."
엄마 : "시장들 하시겠네."
이모부 : "이제 올라가서 먹어야지요."

가영이와 화영이 엄마에게 목례로 인사하고 아버지를 따라 이층으로 올라간다.

S#49. 교시네 집 앞 거리

어둠이 짙게 깔리기 시작한다.
미군부대 막사에도 불이 들어와 불빛이 새어나온다.
축항 안에 불빛도 화려하다.

S#50. 교시네 부엌

교시가 방문을 열고 나온다.
이층에서는 순임이가 계단을 내려온다.
교시도 이층 계단을 오르기 위해 발을 딛는 순간 순임이를
발견한다. 한 사람 정도만 겨우 통행할 수 있는 비좁고 오
래되어 낡은 목조계단으로 평소에 한 사람이 이미 계단을
통행 중에 있을 때는 다른 한 사람은 잠시 기다리고 있다
가 이용하는 것이 한 집안 사람들의 예의요 질서다. 그럼
에도 불구하고 교시는 순임이가 이미 계단을 내려오고 있
는 것을 보고도 뛰어올라 순임과 중간에서 마주쳤다.

교시 : "네가 내려오는 걸 미처 못 봤어. 미안해!"
순임 : "(어쩌란 말이냐는 듯 교시를 빤히 노려본다) ⋯."
교시 : "네가 몸을 좀 틀면⋯."

순임이 한동안 눈을 흘기며 얌체짓하는 교시를 노려보다
가 어쩔 수 없었는지 몸을 옆으로 틀면서 먼저 올라가라는
표정으로 양보한다. 비좁은 공간에서 교시는 순임이 몸에

바짝 붙어 발 한짝을 계단 위에 올려놓고 몸을 움직여 오르려는 순간, 중심을 잃고 순임이 가슴을 안고 넘어지면서 순임이도 함께 계단에 엉덩방아를 찧고 주저앉고 말았다.

교시 : "아이쿠!"
순임 : "엄마야!"

하면서 교시와 순임이는 서로 끌어안았다.

순임 : "(교시의 얼굴을 밀어내며) 비켜!"

그러나 교시는 쉽게 일어나지 않았다. 순임의 얼굴이 닿을 듯 순임이의 짙은 갈색 머릿결의 냄새를 맡고 있었다.

순임 : "(짜증스럽게 톡 쏘듯) 빨리 일어나지 않고 뭐 하네…?"

교시가 순임이의 눈과 마주치자 순임이는 내외라도 하는 듯 두 눈을 내리깔았다. 교시는 이때다 싶어 자신의 입술로 순임이의 입술을 덮쳤다. 어떨결에 기습적으로 입술을 빼앗긴 순임이는 자신의 입술을 압박해오는 교시의 입술로 인해 음!, 음! 하는 신음소리만 낼 뿐 어찌할 줄 모른다. 부드러운 촉감의 입술을 비벼대던 교시는 순임이를 풀어주고 이층 자신의 방으로 들어갔다. 순임이는 분해서 씩씩거리며 입술을 닦고 또 닦는다.

S#51, 교시 방

교시가 창밖을 바라보고 서 있다.

잠시 후 방문이 열리는 소리와 함께 문밖에 순임이가 서 있다.

잔뜩 화가 난 순임이는 계속 교시를 노려보며 씩씩거린다. 눈에는 어느 틈에 눈물을 머금고 있었고 금방 욕이라도 내뱉을 것 같았지만 순임이는 입술을 굳게 다문 채 한 동안 교시를 노려보기만 하고 서 있다. 그리고는 교시의 입술 흔적을 닦아내기라도 하는 것처럼 손등으로 자신의 입술을 문지른다.

순임이의 큰 눈에서 눈물방울이 흘러내린다.

교시 : "왜 그러고 서 있어…? 들어와서 얘기해!"
순임 : "(노려만 볼뿐) …."
교시 : "들어와서 말하라니까!"

교시는 문 밖에 서서 자신을 흘겨보고 있는 순임이를 방안으로 끌어드리려고 순임의 팔을 잡았다.

순임 : "(뿌리치며) 이거 놓지 못 하간?"

교시는 힘을 다해 순임의 팔뚝을 잡아당겨 방안으로 끌려 들어오고 말았다. 방안으로 끌려 들어온 순임이를 교시는 끌어 안았다. 순임이는 교시의 가슴을 밀쳐냈다. 그러나 교시는 밀려나지 않았다. 더욱 억세게 순임이를 끌어안고 입술을 찾았다. 순임이는 교시의 품에 안긴 채 몸부림쳐 벗어나려 했으나 몸부림칠수록 교시의 억센 팔이 더욱 조여 왔다.

순임 : "이거 놓지 못하간?"

순간 교시의 입술이 순임의 입술을 덮쳤다. 두 번째로 당하는 강제적인 키스였다. 교시는 사정없이 순임의 입술을 자신의 입술로 비비고 있다.
순임이는 얼굴을 가로 저으며 교시의 입술을 피하려 했으나 교시의 한손이 자신의 목을 잡고 힘을 주고 있기 때문에 음! 음! 소리만 내고 있을 뿐이었다.
한동안 강제적인 키스를 퍼부어대던 교시.

교시 : "순임아, 난, 난 너를⋯."
순임 : "이거 놔! 이거 놓고 말하란 말이야."

교시가 다시 키스를 하기 위해 순임이에게 덤벼든다. 순임이는 있는 힘을 다해 교시를 밀쳐내고는 교시의 볼을 향해 따귀를 올려붙인다. 얼떨결에 따귀를 얻어맞은 교시가 머뭇거리는 순간 순임이는 방문을 열고 밖으로 뛰쳐나갔다. '교시야 무슨 일이 있니?" 옆방에서 후지꼬의 목소리가 들려온다.

교시 : "아니야, 아무것도"

S#52, 순임이 쪽방

책상위에 얼굴을 파묻고 어깨를 들먹이며 울고 있는 순임.

교시의 나레이션

교시 : "아래층 쪽방으로 돌아온 순임이는 눈물이 쏟아져
나왔다. 부모를 잃고 고아가 된 채 이모집에 더부살이
하는 것도 서러운데 그동안 자신을 못살게 굴면서 무
시해 왔던 교시가 이제는 사내랍시고 자신을 노리개
로 삼아 처녀의 순결을 처참하게 짓밟아 버렸으니 순
임이는 분하고 억울해서 차라리 죽고만 싶은 충동이
일어났다. 자신은 이미 교시로 인해 버려진 몸으로 모
든 것이 끝난 것이라고 생각했다.
교시가 죽도록 미웠다. 소리내어 엉엉 울고 싶었다.
그러나 소리내어 울 수가 없는 자신의 입장이었다."
순임 : "(혼자의 생각) 어른들한테 말을 할까…? 우선 교시
어머니한테 항의해야 해! 아니야…? 먼저 이모한테 말
을 하는 것이 순서야. 이렇게 울고만 있을 수는 없어!
집안을 발칵 뒤집어 놔야 돼! 교시가 늑대처럼 그동안
곱게 지켜왔던 내 소중한 내 순결을 짓밟았다고 온 세
상에 공표해야 돼! 교시가 강제로 나를 겁탈해서 입술
에 키스를 했다고…! 이건 억울해서 못살겠다고 다시

깨끗한 순결을 되돌려 놓게 해달라고 소리소리 지르고 싶다. 그러나 이런 일을 어찌 공개적으로 할 수 있단 말인가…? 어른들은 또 뭐라고 수근거릴 것인가. 나를 어떻게 바라볼 것인가…?"

순임이가 생각하는 사람들의 얼굴이 떠오른다.
이모의 얼굴, 이모부의 얼굴, 언니들의 얼굴, 교시엄마의 얼굴이 하나하나 떠오른다.
그리고 친엄마의 얼굴도 떠오르고 아버지의 얼굴도 떠오른다.
순임이는 더욱 서러워 책상에 엎드려 소리없이 어깨를 들먹이며 흐느꼈다.
흐느끼는 순임의 어깨를 감싸는 교시의 손.
그리고는 순임을 흔든다. 순임이는 눈물범벅이 된채 고개를 들어 교시를 바라보고는 교시의 두 손을 뿌리쳤다.

순임 : "(멸시하는 표정으로) 공부도 못하는 주제에…!"

교시의 나레이션

교시 : "순임이의 '공부도 못하는 주제에' 이 한마디에 얼굴이 화끈거려 왔다. 욕이 아니라 멸시였다. 순임이는 비웃고 있는 것이다. 평소에도 공부에 대한 열등감을 느끼고 있었는데 순임이가 내 뱉은 이 말 한마디에 기가 죽고 말았다. 자신이 보잘것없이 초라해짐을 느꼈

다. 순임이는 자신으로부터 까마득히 먼 곳에 있음을 느꼈다. 손길이 닿을 수 없는 위치에서 도도하게 내려다보며 무시하고 있는 것이다. '하지만 난 너를…! 차마 사랑한다는 말이 나오지 않았다."

교시를 경멸의 눈빛으로 바라보던 순임이는 책상위에 책들을 정리하다가 교시의 책과 노트가 눈에 들어오자 보기 싫다는 듯 옆으로 밀쳐놓았다. 그리고는 다시 설움이 복받치는지 책상 위에 얼굴을 묻고 슬피 운다.
교시는 가해자가 된 기분으로 죄인처럼 있을 수만은 없어 쪽방을 나간다.

S#53, 교시네 부엌

교시가 방문을 연다.
안방에는 의붓아버지가 언제 돌아왔는지 저녁상을 하고 있다.

교시 : "돌아오셨어요."
순학 : "그래… 요즈음 순임이와 공부를 열심히 하고 있다는 말을 들었다. 대학교 들어가려면 열심히 해야지. 이젠 철이 들 때도 되지 않았니…? 어른들 고생하는데 너라도 잘해야지."
교시 : "네…."

교시의 나레이션

교시 : "내일 뒤란에서 키울 오리 50마리가 도착할 것이라고 했다. 이번에는 오리를 키워서 무엇을 할 것인지 알 수 없었다. 주변의 모든 사람들이 6.25사변 이후 삶에 찌들고 어렵게 살아가고 있는 판국에 그동안 자신의 생일만 돌아오면 키워 잡아먹던 돼지가 주변 사람들에게 눈치가 보였는지 이번엔 오리를 키우기로 했단다. 의붓아버지가 하는 일들을 못마땅하게 여길 수밖에 없었지만 어른들의 일이라 나설 수가 없었다. 어머니와 단둘이 있을 때 만 불만을 토로할 뿐⋯."

S#54. 교시네 부엌

아침밥을 준비하는 덕모엄마. 아궁이에 불을 지핀다.
하숙꾼들은 부엌 한쪽 수돗가에서 세수를 하며 덕모엄마와 수근거린다.
어제밤 교시엄마와 의붓아버지 사이에 있었던 부부 싸움이 화제가 됐다.

덕모엄마 : "그럼 작은 마누라가 생겼단 말이예요?"
장씨 : "그렇다니까. 내 분명히 들었어. 모두들 들었다니까. 실없는 소리 뭣하러 해! 딸까지 낳아 이중살림을 하고 있었던 거지!"
덕모엄마 : "딸까지요?"

장씨 : "그래, 딸까지 낳았다고 하드군. 그건 좋은데 이 집
      에서 두 살림을 할 참인가 봐. 교시가 알면 난리칠 텐
      데"
덕모엄마 : "한 집에서 두 집 산림을…?"

하숙꾼 한명이 세수를 마치고 들어간다.
장씨가 수돗가로 가 물을 받아 세수를 한다.
계단에서 후지꼬가 내려온다.

후지꼬 : "(덕모엄마에게) 언니는 좀 어때요?"
덕모엄마 : "들어가 봐요."

방문을 열고 들어가는 후지꼬.

S#55, 안방

교시엄마가 머리에 수건을 질끈 동여매고 누어있다.
후지꼬가 교시엄마 옆자리에 앉는다.

교시의 나레이션

교시 : "의붓아버지는 어머니한테 돈을 받아 써왔는데 어
      머니가 가지고 있던 돈이 바닥이 나자 작은 집에 생활
      비를 대주지 못하게 되자 첩을 아예 집으로 데려오기
      위해 어머니한테 모든 사실을 털어놓고 설득하려다

부부 싸움이 벌어지게 된 것이다. 어머니는 남편이 하는 일에 대해서는 실패하거나 성공하거나 일체 참견하는 법이 없었다. 그동안 사업을 한답시고 장사 밑천을 숱하게 가져다 날리고도 남편이 또 자금 얘기를 꺼내기만 하면 어떻게 해서라도 돈을 구해 주었다. 월셋돈은 고사하고 하숙비까지 돈을 보태 만들어주었다. 그런데 이제와 보니 그동안 한 푼, 두 푼 뜯어간 돈으로 작은 계집을 얻어 애까지 만들어가지고 이제는 아예 집으로 데려오겠다는 것이다."

순임이 이모가 방문을 열고 들어와 자리에 앉는다.
이웃 집 양 색시들도 교시엄마의 소식을 듣고 몰려들 왔다.

양 색시A : "날씨가 춥더니 감기가 온 거 아니우?"
순임이 이모 : "덕모엄마가 그러는데 물 한모금도 안 마셨다는 군…. 고저 감기는 잘 먹어야 낫는 기야요. 네레 밥좀 뜨끈한 국물에 뎁해 드릴테니 잡숴 보시라요. 뜨끈하게 지져 기운을 내시라요."
후지꼬 : "그래 언니 뭣 좀 들어봐!"
양 색시B : "순임이 이모가 따끈하게 국을 데워 준다니까 먹고 기운 좀 차려 봐, 언니!"
후지꼬 : "교시아버지가 뭐라고 합디까? 그저 교시아버지 말이라면 간까지 빼주지 못해서 안달을 하더니 결국은 이런 꼴을 당한다니까…! 내 얘기 다 들었우. 의정부에 첩까지 뒀다면서. 거기다 계집애까지 낳아가지

고…. 그래, 그 첩년까지 이집으로 끌어들일 작정이
우?"

엄마 : "내가 미쳤어? 그 꼴보고 같이 살게! 세상천지에 같
이 살년이 어디 있겠누…!"

후지꼬 : "어이구 말은 저렇게 해도 막상 들어오면 받아줄
걸. 내가 어니를 한두 번 겪어봐요? 내 언니 맘 잘 안
다니까."

양 색시 : "나 같으면 동네 근처에도 얼씬 못하게 하지 그
걸 그냥 나둬!"

이모 : "교시가 알면 펄쩍 뛸 텐데…. 교시는 아직 모르디
오?"

엄마 : "아직… 교시는 몰라요. 교시는 아직 몰라. 이판에
헤어져야지. 내 눈에 안 띄는 아주 먼 곳에 가서 년놈
이 검은 머리 파뿌리 되게 진탕 살아보라고… 아이고
이놈의 원수 같은 팔자야! 이놈의 팔자는 왜 이렇게
사나운지 몰라! 어딜 함부로 내깔린 핏덩이까지 끌고
들어와 들어오길. 내 두낯짝 들고 뻔뻔스럽게 들어오
는 날에는 부뚜막에 식칼을 가지고 년놈을 요절내 버
리고 말 테니까!"

이모 : "마음 독하게 먹고 냉정해 지시라요!"

S#56. 교시네 집 뒤란

오리 50여 마리가 돼지우리에서 꽥! 꽥! 소리를 지르며 요
란스럽다.

S#57. 양 색시 캡틴네 집

갭틴 양 색시의 교향 양산에서 전보가 왔다.
모친이 위독하다는 전보다.

S#58. 이층집 앞 동네(밤)

다이아나가 하모니카를 불고 있고 양 색시들 노래를 부르
고 있다. 동네 양 색시들은 부대에서 외출 나오는 미군병사
들을 잡기위해 부대 앞 쪽에 나가 있고 미군병사를 잡은 양
색시는 흥정을 하고 있다. 부근에 너구리가 어슬렁거린다.
후지꼬가 교시네 집에서 문을 열고 밖으로 나온다.
큰 대로로 나가려 하자 너구리가 따라붙는다.

너구리 : "어이 여봐…! 어딜 함부로…. 너는 회원이 아니
잖아. 회비를 안 냈으니 당연히 회원이 아니지. 안 그
래…? 회원이 아닌 사람은 미군병사를 잡을 수가 없
어! 알겠어?"

도시꼬 : "누구 맘대로? 이건 내 자유예요."

너구리 : "자유…? 자유 좋아하네. 이곳도 엄연히 법과 질
서가 있어. 법과 질서를 지키지 않는 사람은 자유도
없는 법이야! 어서 꺼져! 네 집구석으로 꺼지란 말야.
이 쌍년아! 얻어터지기 전에."

후지꼬 너구리에 강앞에 '흥' 코웃음 치고 집으로 다시 들

어간다.

교시의 나레이션

교시 : "캡틴의 신랑 흑인장교는 마누라가 고향에 내려가
당분간 독신으로 지낼 수밖에 없었다. 흑인 장교는 착
실하게 퇴근 후에는 어김없이 집으로 돌아와 혼자 잠
을 자고 아침이면 부대로 복귀했다. 캡틴이 고향으로
내려 간지 3일이 지났지만 소식이 없었다. 흑인 장교
는 캡틴하고는 계약결혼이지만 장모나 마찬가지인 어
머니가 어떻게 되었는지 궁금했으나 그 당시는 전화
등이 흔치 않아 연락할 길이라고는 급한 전보나 편지
밖에 없었다. 흑인 장교는 하는 수 없이 마누라가 오
기를 기다리는 수밖에 없었다.
캡틴이 양산에 내려 간지 나흘째 되는 날 저녁 흑인장
교가 부대 안 클럽에서 술을 마셨는지 얼큰하게 취해
서 동네로 돌아왔다.
이날따라 손님을 못 받은 도시꼬가 캡틴의 신랑 흑인
장교를 발견하고 반색을 했다. 도시꼬는 평소에 미군
들과 계약결혼을 하고 살림을 차리고 사는 여자들을
부러워하고 또 한편으로는 샘을 내고 있었다. 미군들
은 월급이 아니고 주급이기 때문에 매주 한 번씩 생활
비를 주었으며 거기다 미군 피엑스에서 통조림, 햄,
치즈, 빵, 과자 등을 자주 가져와 풍족하게 살고 있는
것 같아 부럽기 짝이 없었다.

도시꼬 : "(미소를 지으며) 헤이, 싸진! 오늘 밤은 왜 이렇게 늦었어? 클럽에서 한 잔 했어? 유 위스키 드링크?"

흑인 : "하이 도시꼬…. 좋은 밤이야!"

도시꼬 : "(혼자소리로) 야 남은 공치고 있는데 좋은 밤은… 그래, 아주 좋은 밤이야 베리 굿! 그런데 캡틴이 없어서 허전하지 않아?"

흑인 : "(잘 못 알아듣고) 허전…? 허전 뭐야?"

도시꼬 : "쓸쓸하다는 말은 알아?"

흑인 : "쓸쓸하다…?"

도시꼬 : "왜 있잖아 색시가 없어서 혼자 자니까…. 음, 마음. 마인드. (가슴을 쓰다듬으며) 유노?"

흑인 : "응 마인드? 음 마음 쓸쓸, 알아 무슨 말인지 알아."

도시꼬 : 이제 내 말을 알아들었군. 헤이 싸진, 유 시가레트 있어?"

흑인 : "담배? 있어."

싸진이 주머니에서 담배를 꺼내 도시꼬에게 주고 자신도 담배 한 개피를 입에 문다. 지프라이터로 도시꼬 담배에 불을 붙여주고 자신도 불을 붙인다.

도시꼬 : "나, 싸진 좋아해. 싸진은 남자답고 젠틀맨이야!"

흑인 : "쌩 큐!"

도시꼬 : "싸진, 나 술 마시고 싶어. 오늘 밤 위스키 한잔 사줄 수 있어…?"

흑인 : "위스키? 오 에, 차에 있어. 위스키 줄까?"

도시꼬 : "여기서 말고 저기 클럽 가서 한잔 사줄 수 있어?"

흑인 : "(찬찬히 도시꼬를 바라보다가) 오케이. 좋아. 클럽 가서 한 잔 사줄게 저기 가서 내 차에 타!"

S#59, 미군장교 전용클럽

색스폰이 울려 퍼진다.

리드미컬하게 치는 드럼, 신이난다.

어두운 가운데 각양각색의 조명이 빙글빙글 돌아간다.

그 가운데 미군들이 여자들과 리듬에 맞춰 춤을 추고 있다.

음악이 바뀌며 색스폰에서 '오 대니 보이'가 흘러나온다.

그 속에 도시꼬와 캡틴신랑.

서로 안고 부르스 춤을 춘다.

도시꼬는 싸진의 어깨와 목을 감싸고 싸진은 도시꼬의 허리에 손을 두르고 브루스 리듬에 맞춰 춤을 춘다.

도시꼬가 하체를 싸진에게 바짝 밀착시켜 싸진의 얼굴을 바라보며 애태를 부린다.

싸진은 오랜만에 싱글벙글 기분이 좋은 모양.

도시꼬는 싸진과 눈을 마주치며 밀착된 하체를 더욱 비비고 혀끝으로는 자신의 입술을 훑어가며 요염한 자태로 싸진을 유혹한다.

색스폰 소리가 더욱 애절하게 울린다.

S#60, 교시네 이층집 동네

싸진이 지프차를 몰고 돌아온다.

싸진은 집 앞에 차를 세워놓고 술취한 도시꼬를 부축해 내려준다. 도시꼬는 내려주는 싸진의 몸에 매달리다시피 하며 차에서 내린다.

어두움 속에서 이 두 사람의 모습을 숨어서보는 양 색시 다이아나. 다이아나는 세수대야의 물을 길에다 버리기 위해 문을 열고 있다가 차가 멈추고 두 사람이 차에서 내리는 것을 보고 부엌문을 조금 열고 숨어서 두 사람들의 동태를 지켜본다.

다이아나 : "아이고 저년 저거 도시꼬년 아니야…? 아니 저년이 미쳤지. 남의 서방 차타고 어딜 다녀오는 거야. 캡틴이 알면 어쩌려고…?

계속 지켜보는 다이아나.

싸진은 도시꼬에게 오늘 밤 즐거웠다는 듯 도시꼬에게 "굿 나이!" 하며 인사를 하고는 자기의 집 대문을 열고 안으로 들어가려 한다. 도시꼬는 집으로 들어가려는 싸진의 허리를 뒤에서 감싼다.

도시꼬 : "헤이 싸진! 그 집은 안 되지. 오늘 밤은 특별히 우리 집에서 재워줄게. 나하고 우리 집으로 가자! 싸진! 마이 하우스 고, 오케이. 오케이? 마이 하우스 고!"
싸진 : "(허리를 감싸고 있는 도시꼬의 양 손을 풀며) 노우 마이 룸 슬립"

도시꼬 : "(싸진의 손을 잡아당기며) 유 싸진, 마이 룸 슬립! 롱 타임 슬립! 유 노우? 오라잇 캄 온, 캄 윈!"

싸진은 엉덩이를 빼며 "노우. 도시꼬! 노, 노!" 하면서도 도시꼬가 잡은 손을 뿌리치지 못하고 억지로 도시꼬의 집으로 끌려간다.

싸진과 도시꼬의 모습을 모두 보고 부엌문을 닫는 다이아나.

S#61, 교시네 학교 교실

교시가 수업시간에 멍하니 창밖을 바라보고 있다.
유리창문에 눈물범벅이 된 순임의 얼굴이 떠오른다.

순임 : "공부도 못하는 주제에…."

순임이 잔영이 살아진다.

교시의 나레이션

교시 : "교시는 어젯밤 순임이와의 일 때문에 숙제를 못한 것이 걱정이 되었다. 어젯밤 순임이가 틀림없이 숙제를 해 놓지 않았을 것이라고 생각하고 있었기 때문이다. 오늘 또 김병수 선생한테 체벌을 받을 것을 생각

하니 눈앞이 캄캄했지만 그렇다고 이대로만 있을 수 만은 없었다. 초조해진 교시는 대충이라도 숙제를 해 놓아야겠다고 마음 먹고는 수업중인 책과 노트를 서 둘러 수학책과 노트로 바꾸어 놓고 노트를 펼치는 순 간 뜻밖에도 숙제가 되어있는 것을 발견했다. 순임이 는 자신의 입술을 강제로 빼앗은 교시가 밉고 저주스 러웠지만 숙제 만큼은 해 놓았던 것이다. 교시의 행위 를 생각해서는 숙제고 뭐고 해 주고 생각이 털끝만큼 도 없었지만 교시어머니를 생각하니 어쩔 수가 없었 다. 교시가 숙제를 못한 것으로 인해 학교에서 체벌을 받고 돌아온다면 그 책임의 절반은 자신에게도 있다 는 생각이 미치자 숙제를 안해 줄 수가 없었다.

교시는 숙제를 깔끔하게 해 놓은 것을 보고 반가워했 다. 벌을 면하게 돼 안도의 한숨을 내쉰 교시는 순임 이가 고마웠고 한편 순임이에게서 의리와 신뢰감같은 것을 느꼈다.

S#62, 교시네 집 동네(밤)

다이아나는 동네 양 색시들과 어울려 하모니카도 불고 노 래도 하고 있다.
교시네 이층집 담벼락에서는 후지꼬와 꺽쇠가 대화를 나 누고 있다.

S#63, 안방(한밤중)

교시엄마가 아랫목에 누어서 잠을 자고 있고 그 옆자리에
는 덕모엄마와 덕모가 잠을 자고 있다.
덕모엄마가 잠에서 깨어나 교시엄마의 동태를 살핀다.
교시엄마의 코고는 소리에 잠을 든 것을 확인하고는 안방
문을 열고 부엌으로 나간다.

OL

덕모엄마가 안방 문을 열고 나간다.

교시엄마 : "저 여편네가 바람이 나도 단단히 났어! 틀림없
　　어…. 누구하고 배가 맞아도 단단히 맞았어!"

OL

덕모엄마가 한밤중에 이부자리에서 조용히 일어나 방문을
열고 밖으로 나간다.
교시엄마가 눈을 뜨고 이 모습을 본다.
덕모는 곤히 자고 있다.
교시엄마도 일어나 문을 조용히 열고 부엌으로 나간다.

S#64, 부엌

교시엄마가 방문을 닫고 부엌으로 나온다.

뒤란 쪽을 바라보는 교시엄마.
덕모엄마가 권씨의 방 앞에서.

덕모엄마 : "나예요. 자요…?"
권씨 : (목소리와 함께 문을 열어주며) 왜 이렇게 늦었어?"

덕모엄마가 권씨의 방으로 들어가고 교시엄마는 숨어서
이 모습을 바라보고 있다.

S#65, 부엌

뒤란에서 마주친 교시와 순임.
순임이 교시를 보자 골난 사람처럼 눈을 내리깔고 옆으로
피해가려 한다.
교시는 순임이를 보자 순간 막무가내로 순임을 끌어안는다.
강제적으로 키스를 퍼부어대는 교시.

OL

순임이를 강제적으로 키스하는 교시.
순임이는 교시의 가슴을 밀쳐낸다.

OL

순임이 방 쪽방에서 교시가 순임이를 강제적으로 끌어안

고 키스를 퍼부어댄다.

S#66, 순임이 쪽방

순임이가 공부하기 위해 책장을 들추는데 편지 한 장이 나온다. 교시가 쓴 편지로 거기에는 '사랑'이라고 쓰여 있다. 순임이가 보고 찢어버리려고 하다가 다시 책장갈피에 넣어둔다.

순임 : "나를 보고 사랑한다고…? 흥, 날 놀려댈 때는 언제고 이제 와서 날 사랑해! 북어대가리, 눈딱부리, 말라깽이라고 놀려댈 때는 언제고 이제 와서… 대가리에 피도 안 마르고 게다가 공부도 지지리 못하는 멍텅구리 주제에 지가 감히 나를…."

OL

순임과 교시 책상을 가운데 두고 마주 앉아있다.

순임 : "말해 보라… 왜 가만있네. 날 사랑하고 있다는 네 행동이 고작 나를 강제적으로 키스를 해야만 되는 거네…? 사랑하믄 상대방을 배려해주고, 또 위해주고 존중해주고 그러는 거 아니네? 고저 사랑한다는 사람을 제 멋대로 괴롭히고 그러는게 사랑이네…? 야, 교시야 말해보라! 와 말 못하네. 그딴 사랑이라면 집어 치라!

야 그건 폭력이야, 성폭력 무식쟁이들이나 하는 짓거
리야, 그건…. 그리고 네레 사랑이 뭔지나 알고(책갈피
에서 교시가 보낸 '사랑'이라고 적힌 종이를 던지며) 하는
거네, 지금? 말해보라 사랑이 뭔지."

순임이가 말하는 동안 교시는 고개를 숙이고 야단맞는 학
생처럼 얌전히 앉아있다.

순임 : "그리고 나 같은 여자를 사랑해서 뭣하네? 나보다
더 예쁜 여학생들도 많은데… 글구 나보고 북어대가
리 말라깽이람서…?"

교시 : "그건 그때…. 널 놀리느라고…. 본심은 아니었어.
내 진짜 본심은 너를 좋아하고 있었어. 이건 정말이
야. 하늘에 두고 맹세할 수 있어!"

순임 : "좋아한다고 막 나를 끌어안고 강제적으로 입술을
같다대고 그러는 기가? 그리고 너 네레 집안이 어케
돌아가고 있는지 알기나 하네?"

교시 : "우리 집…? 우리 집이 뭐?"

순임 : "너는 어머니를 생각해 본적 있니? 고생하시는 엄
니를 생각해서라도 공부를 열심히 해야 돼. 알간? 내
후년이면 대학교에도 들어가야 하는데 너 지금 실력
가지고는 2차도 힘들어야. 이대로는 희망이 없어. 그
리고 나를 사랑한다고 했지. 그건 네 자유지만 난…
너처럼 공부 못하는 애는 질색이야. 무슨 기대를 갖고
널 믿으란 말이가…?"

교시 : "앞으로 열심히 할 거야. 그리고 대학은 꼭 갈 거
  고…! 그리고 순임아 난, 난 너를 좋아하는데 어쩌란
  말이냐?"

순임 : "그런 결심이 섰으면 일단 노력해서 대학을 들어가
  라. 그리구 나서 너와의 관계는 그때 가서 생각해 보
  자."

교시 : "순임아!"

순임 : "뭘…?"

교시 : "난, 지금… 너하고 키스하고 싶어. 딱 한번만…!"

순임 : "(단호하게) 안 돼!"

그러나 어느 틈에 교시는 순임이 입술을 덮쳤다.
순임이도 어쩔 수 없는 듯 교시가 하는 대로 내버려 둔다.
순임이가 저항을 하지 않자 교시가 순임이를 바닥에 눕히
려 들었다. 순임이가 교시의 가슴을 밀쳤다.

순임 : "그것만은 안 돼! 네가 대학에 들어가기 전까지
  는…."

교시 : "알았어!"

순임 : "이만 네 방으로 올라가라. 이래가지고 공부가 되
  간…? 나두 일찍 자고 나서 새벽에 일어나서 하든 되
  니까니."

순임이가 책상을 정리한다.

S#67, 안방

교시엄마와 쿡 권씨 덕모엄마, 후지꼬가 방안에 앉아 대화를 나누고 있다.

교시엄마 : "권씨도 의지할 사람 없는 홀몸인데 기왕 이렇게 된거, 아예 살림을 차리는 게 어때? 남몰래 만나 정분을 나누는 것도 볼썽사납고…."

덕모엄마는 죄인인양 고개만 숙이고 있다.

교시엄마 : "이제 와서 숨길게 뭐 있어? 세상사 다 그런 거지. 그런 건 다 이해할 수 있어! 그리고 내가 시키는 대로 해! 덕모엄마 뭘 망서려… 두 사람이 좋아서 여지껏 남모르게 만났을 것 아니야…? 그리고 덕모엄마가 속시원히 얘길 안해 잘 모르겠지만 덕모아버지만 없다면야 주저할 게 뭐 있어? 덕모엄마한테는 잘된 일이지 뭘 그래. 권씨가 남 보기엔 바람둥이처럼 생겼어도 아주 짭짤한 사람이야. 그저 덕모엄마는 내가 시키는 대로만 해!"

덕모엄마 : "…."

후지꼬 : "뭐라고 말 좀 해봐요. 답답해 죽겠구먼…."

덕모엄마 : "… (고개만 숙이고 있다가 드디어 얼굴을 들고 눈물이 고인 채 교시엄마를 바라본다) 고마워요. 이 은혜는… 제 평생 영원히 잊지 못할 거예요. 하지만 저

는… 권씨와 함께 살 자격이 없는 계집이예요.”

후지꼬 : “우리 처지에 그게 무슨 말이예요…? 어려운 세
월을 만나 이렇게 고생하며 살아가는 사람끼리 무슨
자격을 따져요?”

교시엄마 : “이런 마당에 못난 사람이 어데 있고 잘난 사람
이 어데 있어? 덕모엄마만 그저 내가 시키는 대로 잠자
고 따라 하기만 하면 돼. (권씨를 보고나서) 권씨도 덕
모엄마가 싫지 않은 눈치니까…!”

덕모엄마 : “하지만 이년을 나중에라도 아시게 되는 날이
면 죽일년이라고 후회하실 거예요.”

덕모엄마가 교시엄마의 치마폭 앞으로 엎어지면서 울음을
터뜨린다.

교시엄마 : “아니, 덕모엄마…, 잘 살아봐 덕모엄마! 아이
고 이 불쌍한 사람아…!”

교시엄마 : “(덕모엄마를 바라보고 나서) 그동안 지켜봤지만
여자는 나무랄 때 없고… 나한테야 못할 말이 뭐 있겠
어! 그리고 권씨가 정말 홀몸이라면…? (권씨의 얼굴을
살피고) 믿어도 되는 거지…? 괜히 말짱한 여자 첩으로
앉혀놓고 풍파 겪게 할 생각이라면 지금이라도 늦지
않았으니 당장 치워버리고!”

권씨 : “아이고 아주머니 제 말을 그렇게도 못 믿으세요,
참!”

S#68, 터미널

버스에서 승객들과 함께 내리는 양 색시 캡틴.

S#69, 이층집 동네

캡틴이 집으로 들어간다.

S#70, 캡틴네 집 (다음날 아침)

캡틴네 집에 교시엄마를 비롯해서 동네사람들이 모였다.
캡틴을 가운데 두고 동네 사람들이 둘러 앉아 캡틴을 위로
하고 있다.
도시꼬는 캡틴 옆에 바짝 달라붙어 있다.

후지꼬 : "언니, 어머니가 돌아가셔서 어찌나 울었던지 아
직도 눈이 부어 있어. 먼 길 오느라고 고생했어."

교시엄마가 흰 봉투를 캡틴 앞에 놓는다.

교시엄마 : "전보 받고 급히 내려가는 바람에 챙겨주지 못
해 미안해 얼마 안 되지만 받아 둬."

다이아나와 히로시 엄마도 흰 봉투를 캡틴에게 전한다.

다이아나 : "몇 푼 안 되지만 받아."
히로시 엄마 : "받아."

후지꼬 : "형편이 안 되어서 준비를 못해 미안하다, 캡틴 언니야."
도시꼬 : "나두."

캡틴 : "모두들 고맙고 그라고 (후지꼬와 도시꼬를 번갈아보며) 너희들 형편 내사 다 알고 있는 기라. 마, 이제 다 장사도 다 치렀고 게 안타."

도시꼬가 캡틴이 눈물을 흘리면 자신도 캡틴과 함께 눈물을 흘린다.

S#71 캡틴네 집.

캡틴과 다이아나가 대화를 나누고 있다.

다이아나 : "언니에게는 차마 이 얘긴 안하려고 했는데 도시꼬가 하는 짓이 하두 여우처럼 굴어서 내 하는 말이유. 그동안 언니가 도시꼬에게 얼마나 잘 해줬소. 언니 신랑이 퇴근하고 지에 있는데도 불구하고 눈치도 없이 오리 궁둥이를 흔들면서 뻔질나게 언니 집에 드나들더니 결국 언니 신랑을 유혹했던 거 아니유? 아주 여우같은 년이야!"

캡틴이 자리를 박차고 일어난다.

캡틴 : "내 이년을…!"

S#72, 도시꼬네 방안

도시꼬의 방문을 열어 제치고 쳐들어오는 캡틴 살기가 등
등하다.

캡틴 : "네 이년!"

캡틴이 다짜고짜 도시꼬의 머리채를 잡고 휘어 감았다.
닥치는 대로 도시꼬의 몸을 발길질하는 캡틴.

도시꼬 : "아야, 아야! 언니 내가 무얼 잘못했다고 갑자기
　　　　　이러는 거야?"
캡틴 : "뭐야 이년이! 그래도 이년이 끝까지 오리발이네.
　　　　니 오늘 내사 마 가만 안 놔둘 끼다. 니 내한테 오늘
　　　　죽어 보레이!"

이번에는 캡틴이 도시꼬의 볼 따귀를 후려치기 시작했다.
도시꼬의 코에서 코피가 터져 나왔다.
동네 양 색시들이 우루루 도시꼬네 집 마당으로 몰려들었다.

양 색시A : "저러다 도시꼬를 죽이겠어! 누가 좀 캡틴 언니

를 말려 봐!"

양 색시B : "저년은 두둘겨 맞아도 싸! 감히 남의 서방을 꼬셔 가지고 자기 방에 데려와 가랑이를 벌려? 내버려 둬 죽거나 말거나."

양 색시B : "(발을 동동 구르며) 그래도 그렇지 저렇게 두둘 겨 맞다가 저알 죽기라도 하면 어떻게? 누가 좀 말려 요, 구경만 하고 서 있지들 말고."

다이아나를 비롯해 양 색시들이 캡틴을 말려 보았으나 캡 틴은 워낙 힘도 세고 다혈질이라 저지할 수 없었다.

캡틴 : "야 이년아 나 없는 사이 우리 신랑을 꼬셔 그 더러 운 가랑이를 벌려? 이 개만도 못한 년아! 내 니 꽉 죽 여뿔고 내도 죽을 끼다. 이 개 쌍년아!"

마당에 교시엄마와 후지꼬도 도시꼬네 집 마당으로 들어 왔다.
캡틴은 분이 풀리지 않는지 도시꼬의 방안에 살림살이 도 구를 때려 부수기 시작한다. 박살나는 화장대 거울. 마당 으로 집어던져 떨어지는 화장품들.
동네 사람들은 광기어린 캡틴을 말리지 못하고 발만 동동 구루고 서 있기만 할뿐.

양 색시A : "저렇게 하다가는 송장치고 말겠네. 어쩌면 좋 아!.."

캡틴은 도시꼬의 머리채를 잡아끌고 밖으로 나온다.

캡틴 : "내 이년을 길바닥 한폭판에서 능지처참하고 말끼
　　　다!"

S#73, 골목 길

도시꼬의 머리채를 잡아끌며 골목길을 빠져 동네 길거리
로 나오는 캡틴, 분이 안 풀려 씩씩거린다.
그 뒤를 이어 동네사람들도 우루르 골목을 빠져 길거리로
나온다.

S#74, 동네 길

후지꼬 : "언니야 그만 진정해라. 그만큼 했으면… 응, 언
　　　니야!"

길 한 복판에 나온 캡틴은 도시꼬를 향해 계속해서 발길질
이다. 교시엄마가 도시꼬의 머리채를 휘어잡고 있는 캡틴
의 손을 잡고 말린다.

교시엄마 : "캡틴아! 캡틴아! 자, 자 이 손 좀 놔라! 어서!
　　　어서! 제발 이 손을 놓고 말로 하라니까. 말로 해! 머
　　　리칼 다 빠지겠다. 어서! 어서!"
캡틴 : "아이다. 내 오늘 이년 찍이고 나도 죽을란다. 언니

야 말리지 마소. 내 이년을 찍이뽈끼니까!"

다이아나도 교시엄마와 합세해 도시꼬의 머리채를 잡은 캡틴의 손을 잡는다.
꽉 움켜잡은 캡틴의 손을 띨 수가 없다.

다이아나 : "언니 도시꼬의 행실을 봐서는 열 번 아니라 백 번 죽여도 싸지만 이제 그만큼 했으면 됐어. 어서 이 손을 놓고 말해요."

캡틴이 도시꼬의 머리를 잡은 손을 풀고 도시꼬를 밀어 길거리에 주저앉힌다. 분이 안 풀려 계속 씩씩거리는 캡틴.
도시꼬는 헝클어진 머리에 얼굴은 피투성이가 되어 땅바닥에 주저앉아 '엉엉' 운다.

도시꼬 : "언니, 캡틴 언니 흑 흑… 내가 흑 흑… 죽일 년이우. 잘못했어! 흑 흑… 그날 밤 술에 취해 흑 흑… 제 정신이 아니었어. 제발 한 번만 용서해줘. 흑 흑… 두 번 다시 그런 짓은 … 흑 흑 두 번 다시 그런 짓은 안 할 테니까… 흑 흑…."

양 색시B : "남의 신랑을 도둑질하려는 년은 이 동네에서 아예 쫓아버려야 돼! 저런 년을 그냥 놔두었다가는 동네가 물들어!"
양 색시C : "그래 저런 년을 동네에 그냥 놔둬서는 안돼!

동네 질서를 위해서도 그렇고 절대로 용서해서는 안
돼! 이참에 저 여우같은 년을 추방해 버립시다."

도시꼬 : "나보고 이 동네를 떠나라고…? 나를, 나를…. (가
　　　슴을 치며) 흑, 흑… 이 동네에서 쫓아내겠다고… 엉?
　　　(고개를 절래, 절래 흔들며) 죽으면 죽었지 이 동네에서
　　　절대 못나가! 나 보고 어디가 살라고?"

캡틴 : "저년이 아직도 제 정신이 아니고 마! 그 더러운 가
　　　랑이에 찢어진 주둥이라꼬 저래 말하네! 안 되겠다,
　　　내 저년 아가리를 콱 찢어놔야지…."

교시엄마와 후지꼬가 캡틴을 저지한다.

교시엄마 : "캡틴 네가 참아라. 내 이런 말 안 하려했는데
　　　네가 참고 조금만 양보해라!"

캡틴 : "뭘 양보하란 말이고. 내 신랑을 저년한테 주란 말
　　　이고… 그게 무슨 말이고 어 엉?"

교시엄마 : "내가 한말은 그런 뜻이 아니고…!"

캡틴 : "그럼…?"

교시엄마 : "지금 우리가 세월을 잘못 만나 얼마나 고통을
　　　받아가며 하루, 하루를 살아가고 있나…!"

캡틴 : "그래서? 그게 어떻단 말이고…?"

교시엄마 : "도시꼬가 남의 서방을 꼬셔내서 유혹을 한 것
　　　은 백번 죽어도 마땅하지만 그렇다고 도시꼬를 이 동
　　　네에서 아주 쫓아내면 도시꼬가 살곳이 어디 있겠나?
　　　먹고 살기 힘들어. 이 동네에서 제 몸뚱아리 팔아 겨

우 겨우 입에 풀칠하고 있는데 그것마저도 캡틴이 알다시피 요즈음 미군 잡기가 어렵잖은가… 미군 병사들은 젊은애들 찾아 중앙동으로 모두 빠져나가고 늙은 병사들이나 간혹 걸려 겨우 꿀꿀이죽이라도 먹어가면서 살아들 왔잖은가. 식모살이도 잡기 힘든 세상에 도시꼬가 어디 가서 식모살이 일자리를 구하겠어. 노숙자 신세에 거지 밖에 더 되겠어…? 안 그런가, 캡틴?"

동네사람들 모두들 숙연해진다.

양 색시B : "그렇다고 남의 서방을 막 꼬셔도 괜찮다는 거야…?"

교시엄마 : "미군 군수물자를 털어먹고 사는 넉제비 도둑놈들 좀 봐라. 미군들이 우리나라를 돕기 위해 참전한 외국 군인들 아니야? 그 군인들이 최전방에서 먹고 입을 양식과 옷, 군수물자를 넉제비들이 훔쳐 먹고 살아가고들 있잖은가…? 그렇다고 누구하나 그들을 도둑놈들이라고 손가락질이라도 해 본 사람 있으면 나와봐라! 모두가 오히려 도둑질하는 그네들을 도와 트럭에서 훔쳐서 땅에 떨어뜨리는 네이숀 박스 등을 주어 골목으로 숨겨놨다가 나중에 네이숀 박스에서 나오는 물건을 감춰준 대가로 나눠 갖지를 않았는가 말이야… 내 말이 틀렸나?"

양 색시B : "교시엄마 그거 하고 이 문제는 다르지! (주변에

동의를 구하기 위해 둘러보며) 안 그래?"

교시엄마 : "그러니 캡틴이 조금만 양보하란 말이다. 세상
　　　이 이러니….'"

도시꼬 더욱 서럽게 운다.

캡틴이 잠시 생각을 하더니 돌아서서 가려한다. 도시꼬가
돌아서는 캡틴의 치마자락을 잡는다.

도시꼬 : "언니 캡틴 언니! 그날 밤은 정말 죽을죄를 짓는
　　　데… 언니 그날 밤 있었던 일을 고백할게. 사실은…
　　　흑 흑 언니 신랑과 내 방에서 아무 짓도 안했어! 이건
　　　거짓말이 아니야. 정말이야. 언니 신랑 싸진은 술에
　　　취한 나를 향해 도시꼬! 이렇게 하면 안 된다. 절대 안
　　　돼! 하면서 달라붙는 나를 거절했어. 흑 흑… 술에 취
　　　해 언니 신랑에게 계속 달라붙는 나를 떼어놓고는 다
　　　정하게 나를 달래주면서 주머니에서 10불짜리 두 장
　　　을 꺼내 20불을 내 손에 꼭 쥐어주고는 집으로 돌아
　　　갔어. 이건 정말이야. 오늘 저녁 싸진이 돌아오면 자
　　　세히 물어봐 내 말이 거짓말인가… 언니, 두 번 다시
　　　그런 일은 절대 없을 거야. (캡틴의 치맛자락을 놔준다)
　　　응, 용서해 줘요! 흑 흑…."

캡틴 아무 말 없이 돌아서서 자신의 집으로 돌아간다.
교시엄마와 후지꼬도 집으로 들어간다.

양 색시A, B 등 그 외 양 색시들도 모두 자신의 집으로 들어간다. 길거리에는 엎어져 우는 도시꼬와 다이아니만 남았다.

울고 있는 도시꼬를 바라보던 다이아나가 도시꼬를 부축해 골목 안으로 살아진다.

시끄럽던 거리가 한 동안 조용하다.

하늘은 잔뜩 흐려 눈이라도 쏟아질 기세다.

미군부대 안 축항에는 갈매기 떼들이 평화롭게 나르고 있다.

S#75, 이층 집 동네

교시의 나레이션.

> 교시 : "밤새도록 눈이 내리고도 부족한지 정오에 가서야 눈이 멈췄다. 온 동네 뿐 만아니라 팔팔로 계단이고 학교지붕이고 길거리고 하양 눈에 덮여 온 천지가 눈부시게 빛이 나고 있었다. 오늘은 쿡 권씨와 덕모엄마가 혼례를 치르는 날이다."

방안이 축하객으로 북적인다.

> 교시 : "혼례식장은 교시네 집 안방이고 하객들은 옆집 아줌마 부부와 그리고 캡틴, 후지꼬를 비롯해 언제 그랬냐는 듯 도시꼬도 참석하고 일요일 휴일이라 하숙꾼들도 하객으로 참석했다. 순임이 이모와 이모부 등 동

네 양 색시 ABC 등도 참석했다."

이층 교시 방에는 넉제비 일당들이 있다.

교시 : "이층 교시 방에는 넉제비들도 축하객으로 참석해
　　　　잔치상을 받고 막걸리를 마시고들 있었다."

S#76, 부엌

부엌에서는 동네 양 색시, 순임이 이모, 교시엄마 등이 전
을 부치거나 나물을 무치는 등 잔치준비에 분주하다.
교시엄마는 뒤란에서 한 바가지 가지고 온 오리 알을 깨서
전을 붙인다. 순임이도 잔시름을 하는 등 바쁘게 움직인
다.

S#77, 교시네 안방

도망 다니는 덕모엄마. 동네 사람들이 도망다니는 덕모엄
마를 붙들어 앉혀놓는다.
후지꼬가 덕모 엄마의 얼굴화장을 해주려고 화장품을 준
비하고 있다.

덕모엄마 : "창피하게 화장은 무슨 화장…?"
후지꼬 : "그럼 신부가 화장도 안하고 결혼식을 올린단 말
　　　　이야? 이렇게, 내가 예쁘게 화장해 줄께!"

후지꼬가 덕모엄마 맨 얼굴에 도랑을 바르며 화장을 시작한다.

S#78, 이층집 동네

교시는 친구 영태, 승원과 동네에서 자전거를 타고 놀고 있다.

영태 : "야, 교시야 우리 중앙동까지 신나게 달려볼까?"
교시 : "좋지!"

교시 친구들과 함께 자전거페달을 밝으며 신나게 달려간다.

S#79, 안방

화장을 마친 덕모엄마가 한결 예뻐 보인다.
아랫목에 쿡 권씨와 덕모엄마가 나란히 앉아있고 하숙꾼들을 비롯한 동네사람들도 잔치상에 앉아 음식을 먹고 있다.
순임이는 부엌과 안방을 들락거리며 전, 나물 등 음식을 나르고 있다.

다이아나 : "가영아 오늘 같은 날 네가 두 사람의 결혼을 축하하는 의미에서 축가를 한 번 불러봐! 내가 하모니카로 연주를 해 줄 테니까!"

후지꼬 : "그래, 그래 꾀꼬리같은 가수를 옆에 두고 그걸 깜박했다니… 그래 네 노래 한 번 들어 보자꾸나!"
후지꼬 : "그래 가영아 한 번 불러봐!"

주변사람들의 적극적인 권유로 드디어 순임이 사촌언니 가영이가 결혼식 축가로 노래를 부르기 시작한다.
다이아나가 하모니카로 연주한다.
노래는 '차이나타운'으로 평소에도 가영이가 잘 부르는 노래다.
'깜박 깜박 깜박 깜박 아, 아 애달픈 차이나 거리'
가영이의 노래가 끝나자 박수가 쏟아지고 여기저기서 '재청! 재청이요!' 하며 난리다.
가영이의 노래가 이어진다. 다이아나의 연주도 계속된다.
가영이 노래가 끝나고 다이아나가 아리랑, 도라지타령, 양산도 등을 불러 박수갈채가 쏟아진다.

S#80, 이층 교시 방

이층 교시 방에서 음식과 술을 들고 있는 꺽쇠를 비롯한 넉제비들. 아래층 노랫소리와 웃음소리가 이층 방까지 들려온다.
그 속에 캡틴이 그들과 술잔을 나누고 있다.

캡틴 : "(벌써 취기가 올라) 야야, 와 이래 오래간만이고. 어데 가서 뭐하다 이제 사왔노?"

꺽쇠 : "그건 그렇고 큰누님! 그 너구리라는 놈에 대해서 자세히 얘길 해 봐요. 어떤 놈인지…? 미정보원이 틀림없어요?"

캡틴 : "내사 그걸 어찌 알겠노…? 제 놈이 미 정보요원이라카이까 우리야 뭐 그런갑다 하고 있을 뿐이제. 안 그렇나 어이? 동네 얘들도 마 모두 그렇게 알고 있는 기라!"

손씨 : "뜯어먹을 대가 없어 여기까지 와서 어려운 사람들 등을 쳐! 피래미 만도 못한 놈!"

꺽쇠는 캡틴이 따라주는 막걸리를 화가 나는지 단숨에 들이킨다.

김씨 : "여봐 꺽쇠 찬찬히 들어. 벌써부터 뿔나지 말고…. 우리가 요 며칠 동안 자리를 빈 사이 미꾸라지 한 마리가 들어왔군! 적어도 이 신생동 지역은 말이야, 적어두 우리들 지역으로 말이야, 주먹깨나 쓴다는 건달들도 모두 알고 있는 터인데 말이야. 도대체 어떻게 생긴 놈이야, 캡틴!"

캡틴 : "곱슬머리에 얼굴은 예쁘장하게 생겼다 카이."

손씨 : "정동에 용팔이 아니고서야 이런 짓거리 할 놈들이 없는데… 정동 패거리들은 치사한 놈들이거든. 타 지역 건달들은 우리가 장악하고 있다는 걸 알고 이 동네는 그동안 얼씬거리지 않았거든. 분용해 용팔이 짓이야!"

김씨 : "암튼 놈이 우리의 자존심을 건드린 건 분명하다 이런 말씀이야."

손씨 : "형님, 놈을 가만 두어선 안 되겠습니다."

꺽쇠 : "그 너구리란 놈은 매일 나타나나?"

캡틴 : "하모 안 나타나는 날이 없데이. 마, 지금 쯤 나타날 때도 됐다. 대머리가 한 번 내려가서 보고 와라. 아래층에 벌써 와 있을 지도 모르제."

꺽쇠 : "이 동네에 먹을게 뭐 있다고…."

김씨 : "먹을 게 없다? 먹을게 없단 말이지! 허허허… 허기사 이런 좁쌀만 한 동네에 뭐가 있겠어! (캡틴을 바라보며) 늙은 할망구 밖에 더 있겠어! 허허허… "

캡틴 : "이 머슴아가 뭐라케싸노… 늙은 할망구라꼬?"

김씨 : "허허허…"

모두들 김씨를 따라 웃는다.

손씨 : "용팔이가 너구리를 풀어 여자들을 괴롭히는 것은 우리를 떠보자는 속셈이 있는 거 아니겠습니까, 형님?"

정씨 : "알 먹고 꿩 먹자는 수작이지. 그 새끼들이…."

김씨 : "이 사람들아 용팔이가 노리는 것은 그까짓 여자들의 잔돈 푼이겠나 말이야 내가 구체적으로 놈들의 속셈을 말해줄까…? 자, 자 그 얘긴 나중에 나누기로 하고 우선 술이나 들자구…."

손씨 : "그럼 우리 것을 먹자는 속셈…?"

꺽쇠 : "일단 너구리를 풀어 우리의 동태를 살핀 다음에 군수 물자를 독차지하겠다는 수작이지."

김씨 : "그러니까 오늘은 잠자코 술이나 들자니까. 캡틴 내 술 한잔 받아보시겠소?"

김씨가 캡틴의 술잔에 막걸리를 가득 딸아 준다.
대머리 정씨도 막걸리 잔을 들어 벌컥, 벌컥 마시고는 자리에서 벌떡 일어나 밖으로 나갔다.

김씨 : "잘 다뤄! 용팔이가 도전장을 낸 것이니까! 이제부터 전쟁이다."

손씨 : "전쟁?"

꺽쇠 : "전쟁이지!"

정씨 : "걱정 마십시오, 형님."

S#81, 부엌

정씨와 후지꼬가 대화를 나누고 있다.
정씨가 다시 이층으로 올라간다.
정씨가 교시 방에 들어와 김씨한테 귓속말을 한다.

꺽쇠 : "왔어?"

정씨가 꺽쇠 말에 고개를 끄떡인다.

김씨 : "(정씨에게) 다른 사람 눈치 안채게 조용히 불러내. 공장 안 공터 있지? 그리로 데려가란 말야. 할말 있다고 하구서 말이야…. 우리가 곧 뒤따라 갈 터이니. 알았지?"

정씨가 고개를 끄떡이고 밖으로 나간다.

S#82, 이층집 문 앞거리

교시네 집에서 너구리가 문을 열고 밖으로 나온다.
교시네 집에서는 노랫소리와 웃음소리가 들린다.

너구리 : "날 찾았소?"
정씨 : "예…!"
너구리 : "처음 보는 분인데… 무슨 일이요…? 이 동네 사시오?"
정씨 : "(공손하게) 요 아래 히로시네 뒷집에 살고 있습니다만… 저 잠깐 시간 좀 내주시면 안 될까요… 드릴 말씀이 있는데…."
너구리 : "(정씨의 아래 위를 훑어보더니) 무슨 얘기인지 모르겠지만 여기서 해 보시오!"
정씨 : "이곳은 좀… 중요하고 긴요한 얘기가 돼서… 저기 공장 창고에 뭐를 좀… ."
너구리 : "창고에 뭐가 있단 말이오?"
정씨 : "보여드리고 말씀드리면 안 되겠습니까? 돈이 나갈

만한 물건 같은데….”

너구리가 다시 한 번 정씨의 아래 위를 훑어본다. 그리고
는 주위를 돌아보고 나서

너구리 : “그래. 어디 가서 한 번 봅시다. 뭘 가지고 그러는
　　지.”

너구리가 우쭐대며 앞장 서 약국이 있는 사거리 쪽을 향해
발길을 옮긴다. 정씨가 너구리의 뒤를 바짝 따른다.
동네 앞 길가에서 약국이 있는 사거리 쪽으로 가다보면 벽
돌담이 길게 뻗어 있다. 담 중간쯤에 트럭 한 대 들어갈 만
한 정문이 있고 그 정문 안으로 들어가면 무수히 많은 창
고들이 있다.
이 공장과 창고들은 일제 때 지어진 것들이다.
몇몇 공장들은 6.25때 폭격으로 지붕과 벽이 허물어져 건
물기둥과 뼈대만 남아 있다. 주변에는 허물어지면서 바닥
으로 떨어져 내린 벽돌조각들이 여기저기 흩어져 있다. 지
금은 폐허가 된 창고와 공장을 관리하는 사람이 없어 쓸
만한 벽돌들은 사람들이 모두 골라가고 깨어진 벽돌조각
만 나, 뒹굴고 있다.
폐허가 되다시피 한 창고 안 건물과 마당에도 눈이 하얗게
쌓여있다.
어둠이 짙어지면서 길거리를 밝히기 위해 전봇대 중간에
갓을 씌워 설치해 놓은 백열등에 불이 들어왔다. 그 불빛

은 창고 담을 넘어 두 사람이 정문 안으로 들어서자 두
사람의 검은 그림자가 마당에 하얗게 깔린 눈 위에 드리
워졌다.

그림자는 등치가 큰 너구리가 작아보였고 키가 작은 대머
리 정씨가 오히려 길고 커보였다.

대머리 정씨와 너구리는 서로가 마주 바라보고 섰다.

너구리 : "말해 보시오. 무슨 물건인지…?"

전신주 백열등을 등지고 서 있는 너구리의 얼굴은 그늘이
져 보이지 않았고 대머리 정씨의 얼굴은 불빛에 비춰 대머
리가 반질, 반질 빛나고 있다.

정씨 : "(당돌하게) 우선 통성명이나 합시다. 나, 정달수라
　　　하오! 댁은…?"

너구리 : "아, 정달수씨! 뭐야? 나한테 보여주겠다는 것
　　　이…? 그거나 먼저 말해보슈! 나 이렇게 한가한 사람
　　　아니야!"

정씨 : "바쁜 몸이시라…!"

너구리 : "당신 뭐야 엉? 나라는 사람 몰라?"

정씨 : "너 경동 용팔이 똘만이 아니야?"

너구리 : "(흠칫 놀라며) 그래서… ?"

정씨 : "그래서… ? 용팔이 똘마니네. 이것봐 용팔이가 시
　　　키데…? 이 구역이 어떤 곳인지나 알고 설치고 다니는
　　　거냐?"

너구리 : "이 자식이"

순간 너구리가 대머리 정씨를 향해 주먹을 날렸다.
그러나 너구리보다 대머리가 빨랐다.
날라오는 주먹을 피하고 파고들어 박치기를 가한 것이다.
퍽! 하는 소리와 함께 '어 억!' 외마디 소리와 함께 눈 위에
나가 떨어졌다.
너구리의 코에서 붉은 피가 뚝! 뚝! 떨어지며 바닥에 깔린
하얀 눈 속으로 숨어들었다. 너구리는 흐르는 코피를 손으
로 문지르고 비틀거리며 다시 일어서는 너구리의 주위로
김씨를 비롯한 넉제비들이 공장 안으로 들이 닥친다. 너구
리가 이들을 보았다. 같은 패거리라는 것을 직감으로 눈
치 챈 너구리는 신변에 위험을 느끼고는 도망칠 태세를 가
추고 사방을 살폈으나 넉제비 일당들이 이미 너구리를 에
워쌌다. 등부레 비친 너구리의 얼굴은 피범벅이 된채 계속
피가 흐른다.

김씨 : "안으로 끌고 가!"

김씨의 굵은 목소리가 조용하게 들린다. 꺽쇠가 너구리의
등을 밀었다.

꺽쇠 : "가, 이 새끼야!"

너구리의 바짓가랑이가 가늘게 떨린다.

너구리 : "형, 형님들… 살려 주십시오… 제가, 제가 잘못
했어요. 형, 형님들!"

넉제비 일당들은 너구리를 앞장세워 공장 깊은 곳으로 간다.
그들이 사라지자 전신주 중간에 달려 있는 가로등 불빛은
더욱 밝아지고 있다. 너구리가 흘린 피가 눈 속을 파고들
어가 하얀 눈이 검게 물들어 있고 주변에는 아무런 일도
없었던 것처럼 적막감에 휩쌓인다.

교시의 나레이션

교시 : "이들은 자신들이 살아가는데 걸림돌이 되는 것
은 거리낌없이 해치우는 비정하고 무서운 사람들이
다. 보복을 당한 너구리는 경동의 조직의 일원이든 또
는 그쪽 패거리가 아니라 할지라도 이들이 구역에 들
어와 방해가 된다고 판단되면 처음부터 목을 도려내
고 거세게 몰아붙여야 된다는 것이 이들의 방침이다.
그래서 어느 누구도 이들을 감히 넘볼 수 없게 해야만
살아남을 수 있다는 것이 이들의 철칙이요, 인생을 살
아가는 방법이다. 피도 눈물도 없는 잔인한 사람들이
었다.
교시네 집에서는 밤 10시 통행금지 싸이렌소리가 울
리고서도 다이아나의 하모니카 소리와 젓가락 두드리
는 소리, 그리고 사람들의 흥겨운 노랫소리가 끝일 줄
모르고 밖으로 흘러나온다. 밤이 깊어지자 양 색시들

은 하나 둘 흰 눈이 덮여있는 거리로 나왔고 창고 담벼락을 끼고 어둠에 싸인 채 사거리 약국까지 쭉 뻗어 있는 텅빈 골목길은 전신주에 부착된 가로등 불빛 많이 가물거리고 있었다. 쿡 권씨는 혼례식이 끝난 다음날 교시네 이층 집 건너편 원섭이네 집 뒷방이 마침 비어 있어 신혼생활을 그곳에서 할 수 있게 되었다."

S#83, 부엌

교시 의붓아버지가 방문을 열고 나와 신발을 신는다.

교시엄마 : "(부아가 치밀어 등 뒤에 대고) 그리고… 당신이 그렇게 소원하던 딸자식도 낳고 꽃같은 젊은 계집도 얻었으니 이리로 와서 우리와 함께 살 생각은 버리고 새 가족들과 함께 아예 의정부에서 살아갈 방도를 세워봐! 이제 이집하고는 끝장난 마당인데 왜 자꾸 와서 돈을 뜯어갈 생각만 하는 거야! 신물이 나! 그리고 나도 결심이 섰어!"
의붓아버지 : "…."

S#84, 순임이 쪽방

순임과 교시 책상을 마주하고 공부하고 있다.
순임이가 교시를 지도하고 있는 중이다.

교시의 나레이션

교시 : "사람을 가르치고 교육을 시킨다는 것은 아무나 할
수 있는 일이 아니라는 걸 순임이는 교시의 학습지도
를 하면서 뒤늦게 깨달았다. 사실 학습지도는 전문적
으로 교육학과를 이수한 학교선생이나 대학교수들이
나 할 수 있는 일이다.

순임이는 기초실력이 부족한 교시의 학습지도에 진땀
을 흘릴 정도로 곤욕을 치르고 있었다. 이런 과정에서
순임이의 학습지도를 받으며 공부를 시작한 교시의
태도는 시간이 흘러가면서 180도로 완전히 바뀌었다.
교시는 순임이에게 학습지도를 받는 입장이고 순임이
는 교시에게 학습지도를 해 주는 입장이 서로 간에 분
명해지면서 지금껏 유지해 왔던 두 사람 관계가 묘하
게 변해졌다.

교시가 기대했던 것은 전혀 다른 것이었다.

순임이의 머리를 맞대고 그리고는 향긋한 순임의 향
내를 맡으며 자신이 부족한 부분의 학습지도를 순임
이가 정겹게 부드러운 목소리로 속삭이며 친절하게
지도해 주기를 기대했었다. 또한 둘만의 사랑도 그렇
게 무르익어가기를 바라고 있었다.

그러나 함께 공부하면서 현실은 그렇지를 못했다.

순임이의 학습지도를 따라가지 못하는 교시에게 순임
이는 점점 목소리를 높이기 시작했다. 교시가 자신의
학력을 따라가진 못할지언정 어느 정도의 수준까지는

도달해야 한다는 것이 수임이가 교시에게 정해 놓은 목표였다. 그러나 순임이의 목소리가 커지면 커질수록 교시는 더욱 바보가 되어가는 것 같았다."

순임 : "몇 번씩 설명해 줘도 이것도 이해 못하네…? 천치 바보 아이가! 네 머리는 도대체 어떻게 생겨 먹었네…? 다시 잘 생각해서 풀어보라… 야 어째서 이런 답이 나오네?"

교시의 나레이션

교시 : "이런 식으로 압박해 오는 순임이 앞에 교시는 잔뜩 주눅이 들어 눈치만 살피고 있었다. 어른들의 계획은 실패로 돌아간 것이다. 교시에게 이성에 눈을 뜨게 해준 순임이는 어느덧 무서운 여선생으로 돌변해 있었고 교시는 그곳에서 그만 중단하고 그곳에서 탈출할 궁리만 하고 있었다.
그러나 순임이는 반대로 교시에게 집착해 있었다. 순임이는 자신의 공부는 뒤로 미루고 교시에게만 열을 냈다.
그러던 어느 날 친구 집에 다녀온다던 교시가 밤늦도록 돌아오지 않았다. 가족들이 저녁을 먹고 난 후 쪽방에서 함께 공부해야 할 시간이 지났는데도 교시는 무소식이었다.
순임이는 혼자서 공부하려 했으나 공부가 되지 않았다.

교시는 그 다음 날 늦게야 집으로 돌아왔다.

집으로 돌아온 교시는 어머니에게 호되게 꾸지람을 듣고서도 그날 저녁 공부할 시간쯤 되어 또 밖으로 나가 버렸다.

본격적으로 순임을 피하고 있는 것이다."

부엌에서 교시엄마가 순임이와 설거지를 하고 있다.

순임 : "(풀죽은 음성으로) 교시 안방에 있나요…?"

교시엄마 : "밥 먹고 이층 제방으로 올라갔을 걸…! 아마 이층 방에 있을 게다. 왜 교시가 제방에 없던?"

순임 : "네…."

교시엄마 : "아니 걔가 또 어딜 간 거야. 마음 잡고 공부 좀 한다 했더니."

순임 : "곧 돌아오겠지요. 너무 염려하지 마시라요."

교시엄마 : "요 며칠간 하는 짓이 수상쩍다 했더니… 걔가 사람 되긴 글렀어요, 틀렸어! 아이고 내 팔자야 내 팔자!"

순임 : "들어가 보갓시오."

교시엄마 : "아이고 내 팔자야. 이리 지지리 복도 없는 년. (방문을 열고 방으로 들어가며) 무슨 팔자를 이렇게 타고 났을꼬."

S#85, 쪽방

순임이 책상 앞에 앉는다.

순임 : "(혼자생각) 내가 왜 이러지… 교시를 사랑하고 있는
　　　것일까?"

S#86, 미군부대 앞 도로

동네 양 색시들이 모두 큰 도로변에 나와 서 있다.
그동안 동거생활을 해 왔던 캡틴 신랑 싸진과 히로시 엄마
와 동거해 왔던 미군이 귀국하게 되어 떠나는 차량을 향해
작별을 하고자 트럭이 나오기를 기다리는 중이다.

다이아나 : "캡틴, 얼마나 서운해! 그동안 같이 산지가 2년
　　　이 넘어 정도 깊이 들었을 텐데…."
도시꼬 : "미국으로 같이 가자는 말은 없읍니까…?"
캡틴 : "귀국해서 편지만 보내 주겠다 카이."
도시꼬 : "그까짓 편지는…."
히로시엄마 : "편지라도 고맙지. 우리 신랑은 그나마도 말
　　　이 없었어."
후지꼬 : "계약결혼이란 게 다 그런 거지 뭐. 언니 섭섭해
　　　서 어떻게?"
히로시엄마 : "섭섭한 것도 섭섭하겠지만 앞으로 살아갈
　　　길이 막막하다."
캡틴 : "산입에 거미줄 칠라꼬!"
후지꼬 : 저기 정문에서 차들이 나오네."

미군부대에서 트럭들이 정문을 통과해 큰길가로 나오고
있다.
긴장하는 캡틴과 히로시엄마. 점점 차가 다가오자 그쪽으
로 뛰어간다. 트럭에 캡틴의 신랑 싸진이 타고 있는 것이
보인다.
싸진도 달려오는 캡틴을 보았다.
캡틴이 죽을 힘을 다해 트럭을 따라 뛰어간다.
미군병사가 캡틴이 차를 따라오는 것을 보고 안타까웠는
지 트럭을 갓길에 잠시 멈추게 한다.

차가 갓길에 멈추자 싸진이 차에서 뛰어내린다.
캡틴이 달려가 싸진의 품에 안긴다.
눈물을 흘리는 캡틴.
싸진이 캡틴의 눈물을 닦아주며 이별의 키스를 한다.
차안에 타고 있던 미군들이 이 모습을 보고 휘파람을 불고
날린다.
다시 차에 오르는 싸진. 차가 떠나고 캡틴이 손을 흔들며
작별 인사를 보낸다.
히로시엄마가 캡틴 곁으로 온다.
세찬 바람에 여인들의 머리카락이 날린다.
싸진을 실은 트럭은 점점 멀어져간다.

히로시 엄마 : "캡틴… 우린 앞으로 어떻게 사니…?"
캡틴 : "히로시야 넌 어떻게 살아갈 거니…?"

교시의 나레이션

교시 : "두 여인은 서로가 질문을 던지면서 그 음성이 가늘
게 떨리고 있었다. 두 여인의 가슴에는 앞으로의 내일
이 절망스러움으로 인해 사지가 무너져 내리는 것만
같은 것을 억지로 버티고 있었다. 음성의 떨림은 그
때문이었다.

그녀들은 자신의 신랑을 태우고 떠나는 트럭이 보이
지 않을 때까지 그 자리에 서 있었다.

이 여인들은 다시 밤거리로 나서게 될 것이다.

교시네 동네 건너 축항을 지키고 있던 미군들은 남·
북간 휴전협정으로 미군의 전략상 일부는 새롭게 배
치되는 군사지역으로 이동하거나 본국으로 철수 중에
있었던 것이다."

S#87, 동네

경찰들이 칼 빈총을 메고 이곳, 저곳 경계태세로 서 있고
정보원들이 집집마다 조사를 실시하고 있다.

S#88, 캡틴네 집

정보원 : "(신분증을 자세히 보고 나서 캡틴에게 준다) 이곳에
서 산지가 얼마나 됐습니까? 그리고 여긴 뭣하러 온
거예요?"

캡틴 : "뭣 하러오다니… ? 먹고 살라고 왔제! 그리고 여기
　　　서 산지는 한 3년 됐고. 와 뭔 일이 있는교…?"

정보원A : "아무것도 아닙니다."

캡틴 : "아무것도 아닌데 와, 경찰들이 쫙 깔려가 집집마다
　　　조사하는 긴데?"

정보원A : "수상한 사람 보면 곧바로 신고하세요."

캡틴 : "뭘 알아야 신고하든지 말든지 하지…!"

정보원 : "이 동네에 여간첩이 있다는 정보가 들어 왔습니
　　　다."

캡틴 : "(놀라며) 여간첩… 아이고 무시라. 여간첩이 이 동
　　　네에 들어 왔다고? 누가 여간첩이고…? 이 동네엔 그
　　　럴만한 사람이 없는 동넨데. 여긴 양 색시하고 집 주
　　　인들 밖에 없어요."

정보원A : "(문밖으로 나가며) 아무튼 그리 아시고 신고 부
　　　탁합니다."

캡틴 : "아니 난데없이 여간첩이라니… 누가 간첩이란 말
　　　이고."

캡틴이 궁금하여 신을 신고 밖으로 나간다.

S#89. 다이아나네 집

캡틴이 들어온다.
다이아나도 방금 조사가 끝났는지 신분증을 가방에 넣고
있다.

캡틴 : "뭔 일이고? 네도 조사하고 갔나?"

다이아나 : "응 조금 전에."

캡틴 : "간첩이 이 동네에 들어와 살고 있다믄서…? 그럼 누가 간첩이란 말이고 여간첩이라 카든데…."

다이아나 : "내가 알우? 누가 간첩인지."

캡틴 : "일단 나가보자. 이거 뒤숭숭 하데이."

다이아나와 캡틴 밖으로 나간다.

S#90, 동네 원섭이네 집 마당

동네사람들 이층집 건너편 원섭이네 마당에 모여 불안하고 초조해 하고 있다. 경찰이 주의 사항을 설명한다.
캡틴과 다이아나도 동네 사람들과 섞인다.

경찰 : "동네분들 빠짐없이 다 모이신 거죠…? 지금 정보원들이 여러분들의 빈집을 샅샅이 수색중이니까 잠시 기다려 주시고… 아무튼 진정들 하세요. 그리고 앞으로 수상한 사람 있으면 곧바로 경찰서에 즉각 신고해야 합니다. 만약 즉각 신고를 안할 시에는 동조죄로 처벌을 받게 됩니다. 아셨죠? 그 대상은 최근에 이 동네로 이사를 왔다거나 또는 최근에 이 동네로 들어와 살고 있는 사람이나 여성이 있으면 신고하세요. 일단 수상한 자가 있으면 신고하세요. 다시 한 번 묻겠습니다. 모두들 잘 아시겠죠?"

경찰, 돌아간다.

동네 사람들 '네' 하고 대답한다.

동네 사람들은 뒤숭숭하니 뭔지 모르게 불안해 서로가 얼굴을 마주보고 있다.

도시꼬 : "최근에 우리 동네로 들어온 사람이 어데 있어…? 덕모엄마 밖에 더 있어?"

후지꼬 : "그럼 덕모엄마가 간첩이란 말이야? 말도 안되는 소리지!"

캡틴 : "그럼 누구란 말이고? 어데 무서워서 살겠노!"

동네사람들 서로가 서로를 의심의 눈초리로 바라본다.

며칠 후.

S#91, 동네 원섭이네 집 마당

동네사람들이 원섭이네 집 마당에 모여 수군거리고 있다. 원섭이네 집 뒷방에 권씨와 함께 살던 덕모엄마가 목을 메고 자살해 그 죽음에 대한 얘기를 나누고 있는 중이다.

교시엄마 : "아니, 덕모엄마가 죽다니 이게 무슨 날 벼락이야!"

순임이 이모 : "글쎄, 말이에요. 어저께까지도 말짱했던 사람이 왜 자살을 해!"

히로시 엄마 : "글쎄 권씨가 직장에서 돌아와 보니까 죽어 있드라지 뭐유."

도시꼬 : "누가 목 졸라 죽인 거야? 아니면 목메 자살한 거야?"

후지꼬 : "아이 끔찍해. 글쎄 우리가 그걸 어떻게 알아? 목 졸라 죽였는지 목메 자살했는지…?"

교시엄마 : "경찰에서 사인을 조사 중이니까 밝혀지겠지. 일단 기다려 봅시다. 이게 웬 날벼락이야!"

후지꼬 : "아무튼 이 동네가 갑자기 뒤숭숭하니 불안해졌는지 몰라."

S#92, 쿡권씨가 덕모엄마가 죽기 전 권씨 앞으로 남기고 간 유서를 읽는다

덕모엄마의 목소리 : "여보 보세요. 정말 당신께 용서받지 못할 죄를 지었습니다. 미안합니다. 당신과 했던 짧은 날들이었지만 정말 행복했었습니다. 그러나 저 때문에 당신까지 불행해지는 것을 도저히 용납할 수가 없군요.

이제 거짓 없이 당신께 고백합니다. 저의 남편은 공산주의자입니다. 저도 저희 친정집도 그 사실을 몰랐고 그래서 결혼까지 하게 됐습니다. 6.25사변 이후 국군과 유엔군에 의해 수복이 된 후에 전남편은 월북하지 못하고 남한에 남게 되었지요. 그리고 잠적했습니다. 남편을 체포하지 못한 경찰이나 정보당국에서는 시댁은 물론 저희가족들을 철저히 감시하기 시작했습니다. 그로 말미암아 시댁이나 우리는 빨갱이 집안이 됐습니다. 빨갱이 집안! 빨갱이 마누라!

우리와 시댁식구들은 많은 시달림과 고초를 겪었습니다. 그래서 결국 우리는 동네에서 추방당하고 말았습니다. 저는 덕모를 데리고 여러 지방을 전전했습니다. 어디를 가나 저를 감시하는 정보원과 경찰이 있었습니다.

이 동네까지 들어와 교시엄마와 당신을 만나게 된 것이지요. 여러번 죽고도 싶었지만 어린 덕모 생각과 또 당신을 만나고 나서 살고 싶은 욕심이 생기더군요. 그래서 저는 죄를 지었습니다. 당신과 정을 맺은 것이 죄이지요. 공산주의자지만 어딘가에 살아있을 남편을 두고 당신과 인연을 맺다니요…. 천벌을 받아 마땅한 죄를 저지르고 말았습니다. 저를 손가락질하고 죽일 년이라고 해도 할 말이 없습니다.

그러나 어린 덕모만 남겨두고 저 세상으로 떠날 생각을 하니 기가 막히고 원통합니다.

여보, 당신을 정말 사랑했었습니다. 누구보다도 당신을….

그리고 덕모는 강원도 철원에 가면 제 외삼촌이 있습니다. 외삼촌네 가서 농사일도 배우고 학교도 다니면서 살아갈 수 있게 부탁드려요. 외삼촌에게 남긴 편지를 갖고 가시면 됩니다."

S#93, 안방

교시네 집 안방에 쿡 권씨를 비롯해 순임이 이모, 순임이 등 동내사람들이 모여서 죽은 덕모엄마가 여간첩이었다는 사실에 놀라고 속은 것에 대해 얘기들을 하고 있다.

도시꼬 : "(권씨의 눈치를 보며) 아니 어쩌면 그렇게 감쪽같이 속일 수가 있어요. 정말 무서운 세상이야."

시로시 엄마 : "처음부터 수상쩍다 했어! 과거지사에 대한 말은 한 마디도 없었잖아! 그러지요, 교시어머니?"

교시엄마 : "내가 죽일 년이요. 권씨에게 못할 일을 저질러 놓았으니… 지내고 보니까 생각이 나는데 덕모 아버지에 대한 얘기를 일체 안하드라고 글쎄. 애하나 데리고 떠돌아다니는 불쌍한 여자인줄만 알았지! 같이 지내다보니까 얼굴도 반반한데다 일도 잘하고 또 마음씨도 고운 것 같아서 그만… 이년이 권씨 못할 일만 시켜났지 뭐유…."

권씨 : "(담배에다 석냥 불을 붙이며) 아주머니가 잘못한 게 뭐 있어요. 다 나를 위해서 하신 일인데. 모든 게 다 이 몸이 부덕한 탓이지요."

후지꼬 : "열길 물속은 알아도 한 뼘도 안 되는 사람 마음속은 모른다고 빨갱이 마누라인 것을 어찌 알겠어."

도시꼬 : "글세 말이야. 큰일 날 번했어. 얌전한 척 내숭떠는 것이 빨갱인 줄 어찌 알았겠어?"

후지꼬 : "덕모엄마가 빨갱이는 아니지. 덕모아버지가 빨갱이니까 덕모엄마는 빨갱이 마누라지 뭐…!"

도시꼬 : "모두다 한통속이지 뭘. 제 신랑이 빨갱이니까 저도 빨갱인 셈이지 뭐 안 그래?"

캡틴 : "맞다. 빨갱이 집안 여편네가 빨갱이지 뭣꼬?"

교시어머니가 권씨의 눈치를 살피며 캡틴의 옆구리를 찔렀다.

그리고는 후지꼬와 도시꼬를 향해서도 눈짓을 했다.

교시엄마 : "이제 그만들 둬! 죽은 사람 허물 따지는 게 아니야. 괜히 쓸데없이들…! 그리고 참 (권씨에게) 원섭이네 집 그대로 괜찮겠어? 그대로 살 수 있을까…?"

사람들이 죽은 덕모엄마에 대해 흉을 보고 있는 것에 울화가 치밀어 줄담배만 태우고 있던 권씨가.

권씨 : "그렇지 않아도 아주머니께 의논하려 했습니다. 제가 어떻게 그 방에서 살겠습니까? 방을 비워줘야지요. 오늘밤이라도 당장 방을 옮기겠습니다. 그리고 그 사람을 너무 나무라지들 마세요. 죽은 사람을 가지고 또 내가 여기 있는데 내 앞에서 무엇들 하시는 겁니까?"

화가 치민 권씨가 담배를 비벼 끄고 벌떡 일어나 밖으로 나가 버렸다.

S#94, 원섭이네 집 마당

동사무소에서 영구차가 대기하고 서 있다.
동직원과 동네 남자들이 시신을 영구차에 실었다.
주변에는 교시엄마를 비롯한 동네 사람들이 덕모엄마의 운구가 실려 나가는 것을 쓸쓸히 바라보고 있다.
빨갱이 마누라의 죽음이라고는 하지만 죽음 앞에서는 너 나할 것없이 모두가 숙연해 지는 모양이다.
그때까지만 해도 엄마의 죽음을 실감하지 못하고 있던 어린 덕모가 울음을 터트리며 관을 붙들고 늘어졌다.

덕모 : "(울며) 엄마! 엄마! 어머니! 엄마!"

동네 사람들이 덕모를 붙들고 제지했으나 덕모는 엄마의 시신이 들어있는 관을 놓지 않으려고 막무가내로 몸부림 쳤다. 한동안 그 모습을 바라보고 있던 권씨가 덕모를 가슴에 끌어안고 들어 올렸다. 덕모는 권씨 품에 안겨 더욱 발버둥치며 엄마를 부르며 울부짖는다.
교시어머니를 비롯한 동네사람들은 어린 덕모가 몸부림치며 울부짖는 모습을 보고 눈시울을 적신다.
교시도 눈물을 흘리고 있었고 순임이도 이모의 소맷자락을 붙들고 울고 있었다.
권씨는 울부짖고 있는 덕모를 교시엄마에게 맡기고는 자신도 영구차에 올랐다. 장례차가 떠나자 교시엄마의 품에서 덕모가 몸부림치는 바람에 덕모를 놓쳐버려 덕모는 '엄마! 엄마!' 울부짖으며 영구차를 따라 뛰어갔다.

교시의 나레이션

교시 : "교시네 동네는 덕모엄마의 자살사건으로 뒤숭숭한
　　　가운데서도 평온을 되찾아가고 있는 듯했다. 그러나
　　　교시네 동네는 또 한 번의 시련에 부닥치게 됐다.
　　　넉제비 패거리들과 경동의 용팔이 패거리들이 미군부
　　　대 앞 교시네 동네를 쟁탈하기 위해 본격적으로 행동
　　　을 개시했기 때문이었다."

S#95, 원섭이네 집 마당공터

원섭이네 집 공터에 반쪽짜리 드럼통을 화덕으로 불이 타
오르고 있다. 그 부근에 목발을 짚은 20대 초반의 청년과
팔 하나를 잃어 의수를 착용한 청년이 화덕에서 불을 쪼이
며 담배를 태우고 있다.

교시 : "넉제비들은 너구리를 해치운 다음 자신들의 구역
　　　인 미군부대 앞을 사수하기 위해 20대 초반의 똘만이
　　　들을 교시네 동내에 2,3일에 한 번씩 풀어 감시하게
　　　하였다.
　　　똘만이 중에는 전쟁 통에 다리하나를 절단 당한 청년
　　　도 있었고 또 어떤 청년은 오른 쪽 팔하나가 팔꿈치까
　　　지 절단되어 있었다. 그 사람은 손역할을 하는 의수를
　　　하고 다녔다. 그 의수의 부분은 스텐으로 제작된 것으
　　　로 손가락 대신 사용할 수 있게 집게모양으로 만들어

져 그 끝이 꼬챙이처럼 날카로웠다.

집게 모양의 의수로 익숙하게 담배도 끄집어 내 피우고 손가락을 활용하듯 못하는 것이 없었다. 보기만 해도 혐오스럽고 무겁게 느껴졌다."

S#96, 골목길

신사복을 차려 입은 깡패들이 이 동내로 들이닥치고 있다.

교시 : "경동 용팔이 쪽에서도 깡패들을 풀어 교시네 동내로 보내기 시작했다. 용팔이 패의 깡패들이 교시네 동내에 나타나면 동네사람들이 지나가다 쳐다보면 '왜 째려보느냐?'며 생트집을 잡아 시비를 걸고 동내 양색시들을 만나면 나이가 많거나 적거나 무턱대고 반말을 해대며 괴롭혔다.

아직까지는 넉제비들과 용팔이 똘마니들이 서로 부디친 적은 한 번도 없었다.

미군부대 앞 동네사람들은 넉제비패들과 용팔이 패거리들 때문에 혼탁한 가운데 공포분위기 속에서 지내는 날들이 시작되었다.

이러한 가운데 교시는 순임이와 함께 공부하는 것을 포기하기로 결심했다. 첫째 이유는 순임이와의 관계가 자신의 뜻과는 전혀 다른 방향으로 흘러가고 있기 때문이었다. 두 번째는 남자로서의 체면이었다. 순임이와 공부하면서 남자로서의 체면과 자존심이 크게

훼손되어 버렸다고 생각했기 때문이다.
마지막 세 번째 이유는 안 되는 공부를 억지로 할 필
요가 없다고 생각했기 때문이었다. "

S#97, 부엌

교시가 이층 계단으로 올라간다.

S#98, 교시 방

교시가 방문을 열고 들어온다.
교시니…? 하는 소리가 후지꼬 방에서 들린다.

교시 : "아줌마야…?"

대답이 없이 조용하다.
교시가 후지꼬 아줌마의 방문을 연다.
방안이 어둡다. 가운데 방으로 한낮에도 전등을 켜야 밝아
지는 방이다.
교시가 다시 문을 닫으려 한다.

순임 : "(조용히 침착하게) 들어와… 문 닫고… "
교시 : "순임이니… 컴컴한 방안에서 뭘 하고 있어…."

교시가 전구스위치를 돌려 불을 켜려고 하자.

순임 : "(단호하게 불안 한 듯) 불 켜지 말라… 이리 와 앉아… 절대 불은 켜지 마! 불을 켜서는 안돼, 알간?"

교시 : "알았어."

순임 : "(안정감을 찾은 듯 부드러운 음성으로) 교시야! 이리 와 이 침대에 앉아봐…."

교시 : "후지꼬 아줌마는 이모랑 시장에 갔나보지…?"

순임이는 대답 대신 교시의 입에다 곶감을 물려줬다.

교시 : "이게 뭐야?"

순임 : "먹어봐 맛이 있어. 이모부가 사가지고 온 곶감이야. 여기 또 있어. 네가 다 먹어도 돼. 지금까지 널 기다리고 있었어. 너한테 할 말이 있어서…."

교시 : "무슨 냄새가 나! 너 화장했구나!"

순임 : "여기는 안전해. 교시야 불안해하지 말고… 그리고 교시야!"

교시 : "불안하긴 뭐가 불안해…? 말해!"

순임 : "응… 그러니까 교시야! 넌… 내게서 가져간 것이 있는 거 아니…? 그걸 돌려줄 수 있겠니?"

교시 : "내가 너한테 뭘 가져가… 그리고 뭘 돌려달라는 거야…?"

순임 : "아마 넌 죽어서까지 나에게 그걸 돌려줄 수는 없을 끼야. 야, 교시야 그건… 그건…? 내겐 아주 소중한 기야…, 알간?"

교시 : "…?"

순임 : "넌… 내 순결을 빼앗아 갔어, 야! 네 안에 내 순결을…. 난 생각했다. 그것을 다시는 찾아올 수 없는 것이라고…. 결국 난… 네 것이 되어버리고 말았어! 그 대신 교시야! 넌 내 곁을 떠나서는 안돼! 공부? 그까짓 것은 안 해도 좋아. 걱정하지 말라우. 내가 다 알아서 할게. 내 말 알겠니, 교시야?"

교시가 어두움 속에서도 순임이의 얼굴을 찬찬히 드려다 보고 있다.

순임 : "뭘 그렇게 바라보니? 부끄럽게…. 넌 진심으로 나를 좋아한다고 했지? 지금도 변함없는 거지?"

교시가 대답 대신 고개를 끄떡였다.

순임 : "그래. 난 네 본심을 믿어!"
교시 : "무슨 냄새가 나. 자꾸 속이 메시꺼워…! 토할 것 같아. 순임아!"
순임 : "메시껍다고?"
교시 : "응 자꾸… 우 엑… "

교시가 입을 틀어막고 방을 뛰쳐나간다.

S#99, 계단

방을 나온 교시는 급히 계단을 내려간다. 그 뒤에서 순임이의 절박한 목소리 들려온다.

순임 : "교시야. 어딜 가네? 가지 말라우. 야 교시야! 날 버리고 가지 말라우. 난 무서워야. 교시야, 교시야!"

계단 중간까지 내려온 교시 그 자리에 허리를 굽히고 '우엑, 우 엑' 하고 토한다.

부엌으로 시장바구니를 들고 들어오는 순임이 이모와 후지꼬.
방문을 여는 교시엄마. 교시가 토하는 것을 보고 놀라 방안에서 급히 나온다.

교시엄마 : "아니 예가…? 왜 그러니, 교시야? 왜 그래? 낮에 뭘 잘못 먹었나? 배고프다고 급히 먹더니 체한 거 아니야. 아이고 속 터져. (교시의 등을 두드리며) 그러게 내게 뭐라고 하던. 밥은 제 때 먹어야 한다고 안 하던…. 밖에 나가 노는데만 정신이 빠져서 제 때에 안 먹고 급히 먹으니 체할 수밖에 더 있어!"
후지꼬 : "왜 그래? 교시가 체했나 보네."
순임이모 : "먹은 게 체했네. 토하는 걸 보니. 교시오마니 방으로 데불고 가서 따 주시라요. 체했을 땐 고저 따 주는 게 상책이야요."

교시엄마 교시를 부축해 방안으로 들어간다.
후지꼬는 대야에 물을 받아와 교시가 토한 계단을 청소한다.
순임이 이모와 후지꼬가 이층으로 올라간다.

S#100. 안방

교시는 누워있고 교시엄마는 교시의 엄지손가락을 따주고
있다.

교시 : "엄마, 독한 화장품 냄새가 자꾸 나!"
교시엄마 : "땄으니까 좀 있으면 괜찮아질 거다. 화장한 사
    람이 어디 있다고 화장품 냄새가 난다고 그래?"
교시 : "자꾸 메스꺼워… (토할 듯 다시 일어나 앉으며) 우
    엑, 우 엑."
교시엄마 : "속에서 다 나왔는데 또 토할게 뭐 있다고 헛구
    역질을 하고 그러니?"

이층에서 소란스러운 소리 안방까지 들려온다.
급한 발자국소리도 들린다.
후지꼬의 '순임아! 순임아!' 하는 소리도 들려온다.

교시엄마 : "순임이한테 무슨 일이 생겼나 보다. (자리에서
    일어나며) 내가 올라가 봐야 되겠네. 넌 가만히 누워
    있어."

교시 엄마도 방문을 열고 급히 나간다.

S#101, 후지꼬 방

교시 방문을 통해 들어가는 후지꼬의 방문과 교시방문이 모두 열려 있다.
후지꼬와 순임이 이모가 침대 위 구석에서 떨고 있는 순임이를 어쩌지 못하고 있다.
침대 구석에서 겁에 질려 떨고 있는 순임이의 화장한 얼굴은 흡사 유치원 어린이가 그려낸 그림 같았다. 눈썹은 굵게 새까맣게 칠해져 있었으며 입술주변은 빨간 루즈로 엉망이 되어 있었다. 얼굴 양볼은 연지곤지를 찍어놓은 것처럼 붉게 칠해 놓았고 머리는 여기저기 가위로 듬성듬성 잘라놓아 침대 위와 방안이 온통 머리칼로 더럽혀져 있었다.
교시엄마도 후지꼬 방에 들이닥친다.

교시엄마 : "뭔 일이야?"
순임이모 : "야, 야! 정신 차리라! 교시오마니 야가 미친 것 같아요. 기어코 미치고 말았시오…! 미쳤시오! 이걸 어쩌면 좋아요? 이걸 어쩌면 좋단 말이가…? (순임의 볼을 두드리며) 야, 야! 순임아 정신 차려! 정신 차리라!"
교시엄마 : "순임이를 데리고 빨리 병원에 가봐. 순임이 이모!"

순임이는 겁에 질려 계속 떨면서 고개를 절래, 절래 젓고
있다.

교시엄마 : "순임아 침착하고 정신 좀 차려 봐, 그리고 이
모하고 병원에 가게 어서 일어나. 응 순임아. (이모에
게) 어서 병원에 가 봐요. 후지꼬도 같이 가봐. 방은 내
가 정리해 놓을 테니…."

순임이 이모가 순임이를 등에 업고 방문을 나선다.
후지꼬가 순임이 머리와 얼굴을 가릴 수 있는 수건을 순임
이에게 되집어 씌운다.

교시의 나레이션

교시 : "순임이는 일주일 간 병원에 입원했다가 이모와 함
께 집으로 돌아와 안정을 찾고 있다. 집에 돌아온 순
임이는 일층 쪽방에만 하루 온종일 틀어박혀 있었다.
한편 교시는 이런 일이 있은 후 순임이를 피했다. 아
니 만날까봐 지레 겁을 먹고 있었다. 한집에 살고 있
어 간혹 순임이와 부딪치지 않을까 노심초사 불안해
했다. 교시는 자신도 모르게 순임이에 대해서 "싫어!
정말 싫어!"하는 소리가 입밖으로 튀어나올 정도로 순
임이에게 정이 떨어졌다. 교시마음이 변하게 된 원인
은 그날 2층 후지꼬 아줌마 방에서 있었던 순임이의
발작증세를 보고 나서부터다. 아니 그것보다도 그날

순임에게서 풍겨오던 비릿내와 짙은 화장품냄새가 결정적 동기가 된 것이 오히려 정확했다.

순임이의 냉정하고 콧대 높던 평소의 모습은 사라지고 다정다감하게 무언가 알 수 없는 말을 계속 속삭이고 지껄이며 교시에게 접근하지 않았던가…? 교시는 그날 생각만 해도 메스껍고 비위가 상하는 것 같았다.

순임이는 시간이 흘러가면서 안정을 되찾고 있었다. 집안일을 거들면서 빨래도 하고 틈틈이 시간을 내서 공부도 했다. 그러면서 순임이는 교시의 태도도 알게 됐다. 한집에 살면서 자신이 병원에서 퇴원한지 한 달이 지났는데도 한번도 자기와 얼굴을 마주친 적이 없었기 때문 이었다.

순임이는 교시가 자신을 피하고 있다는 사실을 눈치채고 배신감을 느꼈으나 그럼에도 불구하고 교시에 대한 집착의 끈을 놓지 못하고 있었다. "왜 나를 피하네? 나를 죽도록 사랑한다고 해 놓고 날 피하는 이유가 대체 뭐간?"하고 따져보고 싶었다. 아니 "갑자기 변한 이유가 뭐냐고, 내가 그렇게도 싫어졌냐고, 잘못이 내게 있다면 그것을 내가 바로잡아 놓을 테니 날 용서하라고 통사정이라도 하고 싶었던 것이 순임이의 심정이었다."

문간방문이 열리면서 교시가 "엄마 다녀올게!"하는 소리가 쪽방에 있는 순임이한테 들려왔다.

순간, 순임이는 자신도 모르게 자리에서 벌떡 일어났다.

교시엄마의 목소리도 들려왔다. "통금시간 전에 들어와야 한다. 늦지 않도록 해! 그저 시간만 있으면 나가서 노는데만 정신이 팔려있으니 원, 에이그 저게 언제철이 들꼬….'

S#102, 부엌

교시 : "(교시가 신을 신으며) 알았어요. 엄닌 허구 헌 날…!"

교시가 허둥지둥 밖으로 나간다.

교시엄마 : "아이구 뭐가 저리 바빠 허둥대는지…."

방문을 닫는다.

순임이는 교시엄마가 방문을 닫은 것을 확인하고 서둘러 집을 나간다.

S#103, 이층집 앞

순임이가 밖으로 나와 멀리 사라져가는 교시의 뒤를 쫓아간다.

순임 : "(순임이 생각) 교시를 만나 일단 따져봐야 돼. 이대로 당할 수만은 없어! 제깐 놈이 공부도 못하는 주제

에 이제 와서 네가 나를….”

교시를 뒤따라가고 있는 순임의 발걸음이 비틀거린다.
당장이라도 쓰러질 듯 비틀거린다.

칼날 같은 세찬 바람이 분다. 순임이는 비틀거리면서도 안
간힘을 다해 교시의 뒤를 쫓아간다.

비포장도로에는 간간히 차량이 지나면서 뿌연 흙먼지를
일으켜 순임의 온몸을 휘감고는 길 건너 다닥다닥 붙은 판
자촌 지붕위로 날아갔다. 그 흙먼지 속에 어머니의 잔영
이 한순간 떠올랐다가 사라진다. 아득히 교시의 모습이 순
임의 시야에 들어왔다. 순임이는 계속 교시의 뒤를 무작정
쫓아간다.

교시는 앞서 가면서 순임이가 뒤에 쫓아오는 것을 눈치챘다.
신포동쪽으로 가기 위해 큰 길가 차도를 건너며 차가 오나
살피다가 순임이 비틀거리며 자신을 쫓아오는 것을 보았
기 때문이다. 교시는 빠른 걸음으로 부지런히 걷다가 도망
치듯 뛰기 시작했다.

멀리서 교시가 뛰어가는 것을 본 순임이도 뛰기 시작했다.
뜀박질이라면 순임이가 선수다. 학교 체육대회에 나가서
도 1등 아니면 2등을 했었다. 신포동에 다달은 교시는 골
목길로 들어갔다.

S#104, 신포시장 길

골목길을 빠져나온 교시.

영태가 살고 있는 친구 집을 찾아간다.

뒤이어 순임이도 골목길을 빠져 나와 두리번거리며 교시를 찾는다. 영태네 집은 식당 등 선술집이 쭉 늘어선 부근을 지나 있었다. 들어가는 대문에는 울타리가 처져 있고 마당 안쪽에 집이 있다. 교시가 대문을 열고 영태네 집으로 들어간다.

S#105, 영태네 집 대문 안

교시가 대문을 닫고 마당에 들어온다.
작은 문간방이 영태의 독방이다.

교시 : "영태야, 영태야!"
영태 : "(방문을 열고) 응 왔냐? 뭣하고 있어, 왔으면 들어오지 않고, 자식은…? 왜 무슨 일 있냐?"
교시 : "무슨 일은…."

S#106, 영태의 방

교시가 영태의 방으로 들어가며 방문을 닫는다.
방안에 영태가 방금 태운 담배연기로 연기가 자욱하다.

교시 : "(아랫목에 깔아 논 이불을 들추고 앉으며) 야, 왜 이렇게 춥냐? 귀떼기가 날아가는 줄 알았다. 면도날로 째는 거 같아!"

교시는 온몸이 떨려왔다. 아랫목에 양 손을 넣었지만 바들
바들 떨려 입도 떨려서 말이 제대로 나오지 않았다.
날씨도 날씨지만 순임이가 자신을 뒤에서 쫓아오고 있다
는 사실에 무언가 두려워 사지가 떨려왔던 것이다.

영태 : "자식은 그렇다고 말을 더듬거리냐? 꼭 오토바이가
　　　자갈길을 달리면서 하는 말 같다 야! (담배 한 개피를
　　　주며) 너두 필래?"

영태가 교시가 문 담배에 성냥불을 붙인다.
쭉 빨아 연기를 내 뿜는 교시.

S#107, 선술집 앞

순임이가 선술집 앞에 쪼그리고 앉아 교시가 나오기를 기
다리고 있다.
선술집 안에서는 접대부의 노랫가락 소리가 들려나온다.
"신고산이 우루르 화물차 떠나는 소리에 고무공장 큰 애기
담 봇짐만 싸누나, 어랑 어랑 어허야 어야 데야 모두가 사
랑이로구나 …."
해가 기울고 어둑어둑 어둠이 내린다.
선술집 안에 백열전등이 들어왔다.
선술집에서 문을 드르륵 열고 나오는 취객이 문 앞에 앉아
있는 순임이를 힐끔 거리다 돌아갔다.
큰길가에서 시장골목 안으로 칼날 같은 거센 바람이 몰아

쳐 순임의 머리칼을 날리며 날아간다.

술집 안에서는 계속 노랫소리가 흘러나온다.

"어랑 어랑 어허야. 어야 데야. 몽땅 내사랑이로다. 신고 산이 우루르 화물차 떠나는 소리에 고무공장 큰 애기 담보 짐만 싸누나…."

순간 순임이의 커다란 눈에서 눈물이 주르륵 볼을 타고 흘러내린다.

주점 안에서는 흥이 난 손님들이 젓가락을 두드리며 소리 높여 합창하고 있었고 순임이의 울음 소리도 이 노랫가락에 묻혀가고 있었다.

교시의 나레이션

교시 : "넉제비 패들과 용팔이 패들이 구역을 사수하고 확장하기 위해 신생동을 점거하고 있는 동안 동내사람들은 불안에 떨어야 했으며 여러 가지로 생활에 지장을 받아야 했다. 그것은 특히 미군을 상대로 하는 양색시들에게는 더욱 어렵게 하는 결과를 초래했다. 간혹 낮에도 찾아오던 미군들이 발길을 뚝 끊었기 때문이다. 넉제비 똘마니들 중에는 보기에도 혐오감을 주는 의수를 착용한 외팔이와 다리 한짝을 잃은 목방이 등이 이들이 보기에도 게름직 했던 모양이다.

또한 용팔이 패거리들은 민간들이고 미군들이고 간에 안하무인격으로 시비를 걸었고 패거리로 몰려다니며 행패를 부렸다. 자연히 미군들이 발길을 끊을 수밖에 없었다.

순임이가 병원서 퇴원한지 10일 지나고 있었다.

우연히도 그동안 서로가 헷갈려 마주치지 않았던 이 두 패거리들이 드디어 마주치게 되었다. 넉제비 똘마니 숫자는 4명에 불과했으나 용팔이 패들은 그보다 2명이 더 많았다. 그리고 체격으로 보아도 넉제비 똘마니들이 용팔이 패들에게는 열세였다."

S#108, 동네 길

팔팔로 입구 원섭이네 집 공터.

넉제비 똘마니들이 화덕에 불을 피워놓고 동네를 감시하고 있다. 검은 신사복을 착용한 용팔이 패들이 약국사거리에서 교시네 동네로 들이 닥치고 있다.

넉제비 똘마니를 발견한 용팔이 패거리들.

용팔이패A : "야, 너희들 뭐야? 이 병신새끼들아!"
넉제비A : "뭐야? 병신이라고? 이 새끼들이….."
목발이 : "뭐, 병신?"

목발을 들어 용팔이A의 턱을 후려친다.

용팔이 패들이 일제히 넉제비패들에게 주먹을 날린다.

넉제비 똘마니 의수도 날카로운 꼬챙이로 용팔이 패들을 공격한다. 목발이도 집고 있던 목발을 휘둘른다. 이 두 패거리들은 순식간에 싸움이 붙었다.

나머지 녁제비 똘만이들은 화덕에서 타고 있던 불이 붙은 장작을 끄집어내어 용팔이 패들에게 공격한다.

동네사람들은 이들이 싸움이 붙은 것을 자신의 집 앞에서 구경들 하고 서 있다.

처음 한동안은 용팔이 패들이 밀렸다. 그러나 녁제비 패들은 시간이 흐를수록 용팔이 패들에게 밀리기 시작했다.

지팡이 한짝을 휘두르고 있던 목발이가 한쪽 발을 지탱하지 못하고 쓰러지고 말았다. 외팔이도 꼬챙이처럼 날카로운 의수를 휘두르고 있었지만 용팔이 패 2명이 다라붙어 외팔이가 숨쉴 틈조차 없이 주먹과 발길질을 해대는 바람에 팔팔로 계단 꼭으로 밀리고 있었다.

S#109, 교시네 집 안방

교시가 양쪽 두 패거리들이 싸우는 것을 구경하기 위해 문을 열고 밖으로 나가려고 방문을 연다.

교시엄마 : "너 또 나가려고 그러지…. 안 된다. 나갔다가 싸우는데 다치면 어쩌려고 그래. 여기 방에서 봐라. 공연히 다치기라도 하면 큰일 나!"

교시 : "(다시 방문을 닫고) 괜찮아요. 밖에서 보면 어때?"

후지꼬 : "그래도 나가지 말아 교시야. 여기 유리창에서도 잘 보이네 뭐…. 녁제비들이 밀리네. 저거 어쩌면 좋아?"

교시엄마 : "저렇게 피 터지게 싸우다가 일 나지. 저렇게 싸우다가 죽는 놈도 생기겠어?

S#110, 동네

중심을 잃고 쓰러진 목발이를 향해 용팔이 패들이 달라붙어 사정없이 발길질을 해 대고 있다. 얼굴이고 가슴이고 옆구리고 간에 인정사정없이 발길질 하고 있다.
목발이는 무방비 상태에서 얻어 맞고만 있을 뿐 누구하나 용팔이 패거리를 저지할 수 없었다.
자신의 집문 앞에서 보고 있던 히로시 엄마.

히로시엄마 : "어머 어떻게? 저렇게 매를 맞다가는 죽겠어!"
도시꼬 : "저놈들이 인정사정 안보고 막 두들기네. 저 피좀 봐. (발을 동동 구르며) 저거, 저거 어쩌면 좋아?"

S#111, 교시네 안방

후지꼬 : "(한동안 창밖을 보고 있다가) 교시야, 안 되겠다. 네가 빨리 하인천에 가서 꺽쇠 아저씨한테 알려야 겠다. 저렇게 매를 맞고 있다가는 모두 죽어! 하인천에서 북성동 쪽으로 가다보면 철길 건널목이 나온다. 거기서 조금만 더 가면 한 50m쯤 될 꺼야 수제비라고 쓰여 있는 식당 간판이 보일 거다. 그 식당에 가서 꺽

쇠 아저씨나 대머리 정씨 아저씨를 찾으면 식당 주인
아줌마가 알려줄 거야! 빨리 서둘러라 큰일나겠다. 알
겠지? 어서, 어서!"

교시 : "응 알았어! 나도 그렇잖아도 그 생각을 하고 있었
어!"

후지꼬 : "(방문을 열어주며) 자전거 타고 빨리 빨리 가!"

교시가 부엌에 세워둔 자전거를 끌고 미군부대 앞 대로로
나간다. 후지꼬도 교시를 따라 나간다.

S#112, 미군부대 앞 대로

자전거에 올라타고 페달을 밟는 교시.

후지꼬 : "(교시 자전거를 따라가며) 그리고 얘 교시야! 가는
도중에 중앙동에도 꺽쇠 아저씨 패들을 보거든 무조
건 이쪽 상황을 얘기해 주거라. 내말 알아들었지? 어
서 가봐. 눈길 운전 조심하고."

교시는 후지꼬의 말을 듣고.

교시 : "(자전거 페달을 힘차게 밟으면서) 알았어! 걱정 마.
다 알려줄 거니까!"

교시가 자전거를 급히 다리다가 눈길에 미끄러지면서 전

봇대를 박고 넘어진다.
자전거 앞 타이아가 전봇대를 박고 쓰러지면서 자전거 타
이어 힐이 찌그러졌다.
교시는 무릎을 다쳐 절뚝이며 일어났다.
후지꼬가 이 모습을 보고 눈길을 달려 왔다.

후지꼬 : "얘 교시야, 다친 데는 없니? 무릎을 다친 게로구
나. 어디 보자 (교시의 바지를 올려 무릎을 살펴본다) 많
이 아파? 눈길을 조심해야지. 아무리 급하다고 그렇
게 막 달리면 어떻게? 자전거가 망가져서 어떡하면 좋
지…?"

교시가 망가진 자전거를 후지꼬에게 맡기고 다친 무릎 때
문에 다리를 절뚝거리며 뛰어가기 시작했다.

후지꼬가 교시의 등 뒤에다 대고 소리쳤다.

후지꼬 : "조심해! 또 미끄러지지 말고…."

교시는 아픈 다리를 절뚝거리며 달렸다. 숨이 턱까지 차올
랐다. 교시는 뛰는 것을 가쁜 숨을 몰아쉬며 걸었다.
갑자기 눈시울이 뜨거워지면서 눈물이 주르륵 볼을 타고
흘러내렸다.

교시의 나레이션

교시 : "교시는 무엇 때문인지는 몰라도 갑자기 서러워지
면서 눈물이 쏟아져 나왔다. 그리고 자신도 모르게 울
음소리가 밖으로 튀어나왔다. 교시는 그렇게 어린아
이처럼 울면서 꺽쇠 아저씨를 찾아 또다시 달리기 시
작했다.

순임이 생각이 제일 먼저 떠올랐다. 순임이는 영영 미
쳐버리고 말 것인가…? 순임이가 미쳐버린 것은 자신
에게도 일말의 책임이 있다고 생각했다. 마음이 더욱
찹찹해지고 괴로워졌다.

죽은 덕모엄마도 생각이 났다. 빨갱이 마누라가 하필
이면 우리 동네에 와서 죽을 게 뭐란 말인가…? 그리
고 의붓아버지도 떠올랐다. 어머니가 가지고 있었던
돈을 야금야금 다 빼앗아가고 있잖은가…? 점점 집안
이 몰락해가고 있는 것이라고 생각했다. 넉제비와 용
팔이 깡패들도 떠올랐다. 교시네 동내가 무서운 깡패
들의 천국으로 변해가는 동네! 좀전에 타고 달리다 망
가져버린 자전거처럼 미군부대 앞 교시네 동네가 망
가져가고 있잖은가?

우선 깡패들을 몰아내야 한다. 위기에 처한 미군부대
앞 우리 동네를 구할 사람은 꺽쇠 아저씨뿐이다. 교시
는 계속 흐르는 눈물을 닦으며 꺽쇠 아저씨가 있을 하
인천을 향해 달려갔다.

교시가 잡념에 사로잡혀 뛰어가는 동안 차도에는 미
군들을 태운 차량행렬이 끝없이 이어지고 있었다. 미
군들이 대량 철수하고 있었다."

S#113, 기차 철로길

이 시간 넉제비들은 부평기지창에서 하인천 방향으로 수송
해 오는 미 군수물자를 실은 화물열차를 기다리고 있었다.
동인천 역에서 하인천 방향의 철길을 따라가다 보면 철길
이 구름다리 밑을 시작으로 해서 하인천역을 향해 활처럼
휘어져 있었다.
넉제비들이 경비병들의 눈을 피해 달리는 열차에 뛰어오
르기가 좋은 장소가 바로 이 부근이다.
화물열차가 휘어진 활처럼 돌아가면서 그 곳에 타고 있는
경비병들도 화물칸과 함께 돌아가기 때문에 넉제비들이
화물칸에 뛰어오르는 것을 볼 수 없기 때문이다.
꺽쇠를 비롯한 넉제비들이 철길 여기저기 흩어져 이제나
저제나 하고 화물열차를 기다리며 담배를 피우고 있다.
날씨가 혹한이라 이들의 입과 코에서는 하얀 입김과 콧김
이 뿜어져 나온다.
철길 양 옆으로는 판자촌 집들이 다닥다닥 줄지어 있다.
6.25사변으로 집을 폭격으로 잃었거나 이북에서 피난 나
온 피난민들이 이곳에 나무판자로 얼기설기 집을 짓고 살
아가는 판자촌이다. 이 판자촌 사이에 철길이 있다. 판자
촌이 밀집되어 있는 이곳에는 골목길도 여러 갈래로 쪼개
져 있어 사람이 골목길로 숨어버리면 찾기가 힘든 곳이기
도 했다.
넉제비들이 달리는 열차에서 경유가 들어있는 드럼통을
떨어뜨리면 기다리고 있던 판자촌동네 사람들이 재빠르게

움직여 골목길로 사라지면 그만이다.

미 군수화물을 실은 화물열차는 이곳을 지나갈 때는 서행을 하기 때문에 달리는 기차에 오르기도 그리 어렵지 않다.

드디어 빽! 기적소리를 내며 화물열차가 이곳으로 오고 있다. 넉제비 일당들은 긴장한다. 몇 개 화물칸이 지나가고 드디어 이들이 노리는 드럼통을 실은 화물열차가 지나가기 시작한다.

넉제비들은 달리는 기차와 함께 달리기 시작한다.

숙달된 사람들이라 점프를 하며 화물열차의 손잡이를 잡고 기차에 뛰어오른다.

꺽쇠도 달리는 열차와 함께 달리기 시작했다.

이때 '탕! 탕탕!' 하고 총소리가 났다. 화물칸을 향해 달려가던 넉제비들은 아랑곳 하지 않고 계속 달리면서 화물칸에 오르기를 시도하고 있었다.

미 헌병들이 달리는 화물칸 위에서 이들을 겨냥해 칼빈 총을 쏘고 있다.

미 헌병 경비병들은 파리떼처럼 화물열차에 달라붙는 이들을 저지하기 위해 공포탄을 쏘고 있는 것이다.

'탕! 탕! 탕!' 하고 또다시 총소리가 연발로 불길을 내뿜는다.

달려가던 화물칸에 오르던 누군가가 철길 옆으로 떨어져 굴렀다. 또 다른 화물칸에 오르던 또 한 사람도 기차에 오르기도 전에 쓰러졌다.

또다시 '탕! 탕! 탕!' 하고 총소리가 들린다.

총소리는 공포탄 소리가 아니었다. 탄피가 장착된 총소리

가 분명했다. 넉제비 일당들은 하물열차를 포기하고 각자
가 흩어져 판자촌 골목길을 찾았다.
꺽쇠도 화물칸에 오르는 것을 포기하고 골목길로 접어들
었다.
미 헌병은 도망치는 넉제비들에게 총을 겨냥해 방아쇠를
당겼다. 미 헌병이 곪복길로 접어드는 꺽쇠를 정확히 겨냥
해 '탕!' 하고 방아쇠를 당겼다.
꺽쇠가 골목길로 접어들기도 전에 그 자리에 쓰러졌다.
방금 지나가면서 미 헌병이 쏜 총탄이 꺽쇠의 가슴을 뚫었다.
쓰러진 꺽쇠가 몸을 비틀거리며 꿈틀거렸다.
복부에서 검붉은 피가 솟아나고 있었다.

꺽쇠 : "(가쁘게 숨을 헐떡거리며) 오…마니, 오마니…!"

눈꺼풀이 풀린 꺽쇠가 헛소리처럼 뇌까렸다.
잠시 후 으윽하고 검붉은 피를 토해냈다.
그리고는 온몸을 바르르 떨더니 잠시 후 숨을 거둔다.

교시의 나레이션

교시 : "미군부대 앞 교시네 동네에 깡패들을 몰아 낼 꺽쇠
가 숨을 거두고 만 것이다.
미군수물자를 운송을 책임진 미군 경비대장은 부평역
부근과 하인천역 부근에 파리떼처럼 달라붙는 군수화
물을 터는 전문 넉제비 일당들 때문에 골머리를 앓고

있었던 것이다.

공포탄을 쏴 이들을 저지하려고 노력했으나 매번 허사였다. 교육책으로 생각해 낸 것이 넉제비 일당 몇몇을 희생양으로 삼자는 것이 경비대장의 결론이었던 것이 다.“

S#114, 교시네 동네

미군부대 교시네 동네는 혈투가 계속되고 있었다.

깡패들은 정말 잔인했다. 더불어 넉제비 똘만이들도 끈질겼다.

누가 죽어야 싸움이 끝이 날까 서로가 지쳐있는 상태에서 싸움은 그치지 않고 계속되었다.

외팔이는 한쪽 팔인 의수가 몸에서 완전히 불리되어 땅바닥 한 귀퉁이에 나딩굴고 있었다. 용팔이 똘마니들은 쓰러져 있는 목발이를 향해 계속햇거 발길질을 해대고 있었고 얼굴은 피투성이가 된채 매를 맞고 있는 목발이는 용파리 패거리중 한 놈의 다리를 악착같이 붙들고 늘어져 이빨로 물어뜯었다.

용팔이A : “아, 아악! 이 병신 새끼야! 이거 놓지 못해? 아이구 아야! 아야! 이 새끼 이거 독종이네 아야, 아야 이거 놔! 이 색끼 이거 이거 독종이네. 아, 아 아야! 지독한 새끼야 이거 놓으란 말야!“

용팔이B : “이 새끼 죽어버려! 어쭈, 어쭈 이 새끼도 물려

구 이빨을 들이대네. (의수가 다리를 물려고 입을 벌리자 다리를 들어 피한다)"

동네 사람들 "저러다 죽고 말겠어!" "어쩌면 좋아!" "누가 뜯어 말릴 수도 없고 무서워서…." 하며 발만 동동 구르고 있다.

넉제비패들과 용팔이 패거리들이 죽기 살기로 싸우고 있는 사이에 미군부대에서는 미군을 태운 트럭들이 한 없이 빠져나와 중앙동 우체국 방향으로 가고 있었다. 그 차량 행렬을 끝이 없었다. 미군부대 앞 교시네 동네 미군들을 태운 차량 행렬을 뒤늦게 발견하고는 모든 사람들이 우르르 큰 대로로 몰려들 갔다.

캡틴도 후지꼬도 도시꼬도 히로시 엄마도 다이아나도 그 외 양 새시들과 동네 사람들이 모두 큰 대로로 나가 미군을 태운 트럭행렬을 바라보았다.

트럭을 타고 가던 미군병사들이 양 색시들을 발견하고는 '휙! 휙!' 하고는 휘파람을 분다.

교시의 나레이션

교시 : "휴전이 장기화되면서 축항에 주둔해 있던 미군부대는 항만을 인천시에 인계하고 전략상 새로운 기지로 이동하고 있었던 것이다. 또한 이번 철수는 1953년 8월 미 국무성에서 발표한 주한 미군 6개사단 중 4개 사단을 철수키로 한 조치의 일환으로 미군 철수가

대대적으로 이뤄지고 있었다.

교시네 동네는 미군부대가 있어 어느 정도는 경제가 돌아가고 있었는데 미군부대가 철수하고 나면 또 한 차례의 무서운 시련을 겪게 될 것이 분명하다.

동네사람들 중에는 그것을 아는 사람은 한 사람도 없었다. "

양 새씨A : "(소리 높여 소리 지른다) 헤이! 헤이! 미투! 아이 러브 유! 유 러브 미? 오케이! 헤이! 헤이!"

S#115, 교시네 동네

텅빈 미군부대와 교시네 동네가 보인다.

교시의 나레이션

교시 : "인천 앞바다의 겨울바람이 교시네 동네를 휩쓸고 지나갔다. 미군이 철수하고 난 교시네 동네는 텅빈 절간같이 한산하기 그지없었다.

공동화현상이 일어나고 있었던 것이다.

교시네 이층집에서 하숙하던 일꾼들도 미군부대 직장이 패쇄되자 몇일간 일자리를 찾아 헤매다가 하나 둘씩 교시네 하숙집을 떠나갔다. 동네 양 색시들도 각자가 살길을 찾아 미군기지가 있는 의정부나 동두천, 포전 등지로 떠났다.

끝까지 남아 있던 후지꼬도 하숙꾼들이 모두 떠나가 버린 교시네 집 형편을 알고는 집을 떠나기로 했다. 미군 부대가 주둔해 있는 동두천이나 연천으로 가 보겠다고 막연하게 나선 것이다.

보따리 하나 딸랑 들고 문밖을 나서는 후지꼬에게 교시 엄마는 후지꼬 손에 몇 푼의 돈을 쥐어줬다.

S#116, 교시네 이층집 앞

떠나는 후지꼬를 배웅하기 위해 교시엄마가 배웅을 한다.

후지꼬 : "방값도 밀렸는데….."
교시엄마 : "후지꼬 그곳에 가서 여의치 못하면 다시 돌아 와! 산임에 거미줄이야 치겠어? 살아도 같이 살고, 죽 어도 같이 죽자고, 응? 이것아! 그리고 그건 받아둬! 얼마 안 되지만 노자에 보태 쓰고."
후지꼬 : "알았어요 언니. 내 가서 자리 잡으면 곧 연락할 게."

후지꼬도 눈물을 흘리며 돌아서 발걸음을 옮긴다.

교시엄마 : (치마폭으로 눈물을 닦으며) 어여 가!"

도살장에 끌려가는 소처럼 끝내 돌아서지 못하는 후지꼬 가 안쓰러워 교시엄마는 어서 떠나라고 손짓했다.

S#117, 교시네 이층집 앞 도로

트럭 한 대가 이삿짐을 싣고 있다.
순임이 이모네가 이사 가는 날이다.
미 8군이 주둔해 있는 용산기지 부근으로 이사하게 됐다.
순임이네 식구가 부지런히 이삿짐을 나른다.
순임이도 이삿짐을 나르고 있다.
순임이는 이사짐을 나르면서도 동네 어구를 바라본다.
교시를 기다리는 중이다.
교시는 길 건너 담옆에 숨어서 순임이네가 이사가는 것을
지켜보고 있다.
교시엄마도 이삿짐 나르는 것을 도와주고 있다.
트럭운전사는 화물칸 위에서 날라오는 짐을 받아 차곡차
곡 정리하고 있다.
이삿짐이 모두 트럭에 실고 떠날 차비를 차린다.
막내인 가영이가 순임이 이모가 조수석에 앉고 순임이 이
모부는 남은 딸들과 순임이를 데리고 화물칸 뒤에 빈자리
를 마련했다. 화물칸 뒤에 탄 사람들은 동인천역에서 기차
로 갈아탈 계획이다.

순임이모 : "그동안 신세만 지고…. 안녕히 계시라요. 서울
　　　　가서 자리 잡으면 한 번 내려오갔시오!"
교시엄마 : "정이 들었는데 섭섭해서 어떻게?"
순임이모 : "자리잡는데로 소식 전할게요. 자주 왕래하며
　　　　지냅시다. 그럼 잘 있어요."

교시엄마 : "그럼···. 가영이 복영이도 잘 가고. (이모부에게) 잘 가세요."

이모부 : "그럼 안녕히 계세요. 집사람을 가끔 내려보내 찾아 뵙도록 하겠습니다."

차가 떠난다.
차 화물칸에 타고 있는 가영이와 복용이가 두 손을 흔든다.
교시는 끝내 순임이 앞에 나타나지 못하고 담옆 붙어 차가 출발해서 가는 모습만 바라본다.
차가 멀어져 간다.

교시의 나레이션

교시 : "교시의붓아버지는 의정부 셋집이 해결이 되어 인천에 있는 미군부대 앞 교시네 집으로 윤씨댁과 어린 딸을 데리고 내려갈 수 있게 됐다.
   이삿짐은 윤씨댁이 일하던 식당에 단골손님으로 자주 드나들었던 닭장사 박씨가 해 주기로 했다. 닭장사 박씨는 트럭 한 대를 가지고 전국을 누비며 닭장사를 하는 사람이었다. 마침 인천 북성동에 닭을 주문한 식당이 있어 인천에 내려가는 김에 윤씨댁 가족을 인천까지 태워다 주기로 하고 닭장이 있는 화물칸 한편에 이삿짐을 싣고 인천을 향해 내려갔다."

S#118, 비포장도로

닭장차가 비포장도로를 달려간다.

강추위가 몰아쳐 날씨가 혹독했다.

윤씨댁과 어린 복순이는 운전석 옆자리에 앉혀놓고 교시의붓아버지는 닭장과 함께 이삿짐 한쪽 구석에 자리를 잡고 앉아 있다.

길이 험해 트럭은 계속 덜컹거리며 달렸다.

교시의붓아버지는 귀까지 내려오는 털모자를 얼굴 깊숙이 내려쓰고 담요한 장으로 몸을 감싸고 쪼그리고 앉아 있다.

계속해서 화물칸으로 불어오는 바람은 피했으나 몰아치는 강추위 바람은 어쩔 수가 없었다.

교시의붓아버지는 닭장안의 닭들을 바라보았다.

앞으로 전개될 운명을 아는지 모르는지 어떤 놈은 놀란 눈을 치켜 뜨고 있었고 또 어떤 놈은 명상에 잠기기라도 하는 듯 눈을 지긋이 감고 있었다.

닭장사 박씨는 운전을 하면서도 평소에 윤씨댁과 농담을 주고받는 사이라 윤씨댁의 허벅지를 만지며 수작을 하고 있다.

교시의붓아버지는 코감기에 걸려 계속해서 콧물이 흘러내리고 있었다. 잠결에도 연상 흐르는 콧물을 닦았다.

교시의붓아버지는 꿈을 꾸고 있었다. 꿈결에 분명히 황해도 연백의 자신의 집이었다.

교시의붓아버지의 꿈이 영상으로 재현된다.

자신의 아내가 부엌에서 저녁을 준비하고 있는 꿈이다.

자신은 방안에 앉아 저녁을 기다리고 있다.

교시의붓아버지 : "방이 왜 이리 추워…? 여보! 여보? 방안
  에 불 좀 때!"
아내 : "네 알았어요. 지금 불을 때고 있는데 그렇게 춥다
  고 성화를 부려요?"

하고는 아내가 방문을 열고 아랫목을 손으로 만져본다.
그런데 그 아내의 얼굴은 아내가 아니고 교시어머니였다.
방안을 곰곰이 살펴보니 지붕도 없고 사방 벽이 없는 방이
었다.
추위가 몰아치고 있는 가운데 지붕도 없고 벽도 없는 방
에 혼자서 우두커니 앉아 있는 그런 꿈을 꾸고 있다가 깨
어났다.
닭장차가 인천 숭의동 사거리에 당도하고 있었다.
무려 5시간이나 걸려 달려오는 길이다.
비포장도로에다 길이 험해 울퉁불퉁 차는 덜컹거려서 속
력을 더 이상 낼 수가 없었기 때문이다.
교시의붓아버지는 차에서 일어나 멀리 미군부대가 있는
축항을 바라봤다.
축항 안의 갈매기떼들이 석양에 물든 하늘을 힘차게 날아
오르고 있었다.

최청 단편소설

가족

가 족

　노인은 함께 살던 가족을 잃었다.

　2017년 12월 25일 크리스마스 날 오후 2시경 노인의 집사람이 세상을 떠난 것이다.

　강남 성모병원 호스피스 병동에서 끝내 하늘나라로 가버렸다.

　사인은 췌장암.

　담당했던 암센터 여의사는 만성췌장암으로 호스피스병동으로 옮길 것을 종용해 그리로 옮긴지 채 20여일이 지난 12월 25일 만 74세의 나이로 끝내 세상을 떠나고 만 것이다.

　아내는 경남 남해군에서 태어나 서울에서 중앙대를 졸업하고 고향 남해로 내려가 중·고등학교 교편생활을 했다.

　교편생활을 하면서 장난기가 많은 청소년을 지도하고 가르치는 것이 적성에 맞지 않아 학교를 그만두고 서울 노량진에 본사가 있는 유한양행에 취직을 했다.

　실험실에서 약 10년 이상 근무하다 중앙일보로 보직을 옮겨 근무하게 됐었다.

　그것을 계기로 전문지 월간 '원예'라는 잡지사에 스카웃 되어 현재까지 근무하다 그만 췌장암으로 세상을 떠나고만 것이다.

　세상을 떠나기 전날 24일은 크리스마스 전야제로 노인의 친분이 있는 많은 사람들로부터 크리스마스 캐롤송이 여러 가지 들어있는 음악들을 카톡을 통해 보내왔다.

노인은 환자 침대에 누워서 죽음을 기다리고 있는 아내의 귀에 이어폰을 끼어주어 케롤 송을 한없이 듣게 했다.

노인의 아내는 다음날 오후 2시경 눈을 감아버리고 말았다.

약 40년간 희로애락을 함께 해온 부부사이였었다.

노인은 아내가 세상을 떠나고 난 이후 텅 빈 집안에 우두커니 앉아서 TV에서 뉴스나 혹은 일일 연속극을 아무생각 없이 멍하니 바라보고 있는 것이 일상화 되었다.

우울증초기를 앓고 있었던 것이다.

또한, 함께 생활하며 살아갈 때는 가정살림은 세상을 떠난 집사람이 도맡아 했지만 집사람이 떠나고 없는 가정은 노인 홀로 모든 것을 꾸려나갈 수밖에 없다.

밥을 짓는 것 외에 국이나 찌개 끓이기, 설거지, 빨래 등 한번도 해보지 못한 살림을 혼자서 해결해야만 되는 난감한 처지에 놓이게 된 것이다.

그런 것도 문제지만 집에 혼자 산다는 것이 큰 문제꺼리다.

노인은 우울증 치료를 받기위해 정신신경과를 찾아갔다.

의사와 상담 후 우울증 치료와 더불어 불면증 약을 처방받고 적극적으로 우울증을 고치기로 마음먹었다.

그러기를 2년이 지나 어느 정도 가사에도 익숙해져 갔다.

노인은 나름대로 가사 노동에 노하우와 요령이 쌓여 그런대로 혼자서도 생활할 수 있게 되었다.

하지만 한가지만은 해결할 수가 없는 것이 있었다.

해결할 수 없는 것은 외로움이다.

노인복지관에 미술부 유화반 신청을 해서 그림도 배워보고 여러 가지 취미생활도 해보았지만 밤이면 밀려오는 외로움을 어찌 달래야 할지 방법을 찾지 못했다.

　노인은 마음속으로 고양이 한 마리를 키우기로 작정을 하고 같은 유화 반에서 고양이만 그리고 있는 고양이화가 욱자 씨에게 구원을 청했다.

　"욱자 씨! 오랜만입니다. 요즘도 고양이 그림에 푹 빠져 지내시죠?"

　"아이 구 청 씨로군요. 요즘 왜 복지관에 안 나와요?"

　경상도 사투리의 욱자 씨가 전화를 받고 보낸 인사말이다.

　"아내가 저 세상으로 떠나고 나서부터 영 손에 잡히는 것이 없어요."

　"그럴수록 미술반에 열심히 나오셔야지. 이제 떠나신 분은 잊어버리고…. 아 집에만 틀어박혀 있다고 죽은 사람이 다시 돌아와요? 우리 미술 동아리 반에서 모두들 기다리고 있는데 청 씨가 안 나오니까 모두들 미술반이 허전하고 재미없다고 그래요…. 그러지 말고 버뜩 나오소 마! 마누라가 하늘나라 갔다고 여기까지 안 나오면 어쩔 낀데, 누구하고 쌈질해서 안 나오는 것도 아니고 하니까 아무소리 말고 나오소. 내 고양이는 알아 볼끼요!"

　"좀 부탁합니다."

　이렇게 해서 고양이와의 인연이 시작되었다.

　그 후, 보름 만에 낯선 젊은 여자한테서 전화가 걸려왔다.

　"여보세요 거기 최학청 선생님 맞으시죠?"

　"네, 맞습니다만…?"

"다름이 아니고 김욱자 씨가 저의 어머님 친구 되시는 분인데요. 고양이를 구하신다기에…."

"네, 지금 그러잖아도 욱자 씨한테 고양이에 대해서 막 전화 하려던 참인데 잘됐네요. 어떻게 고양이를 분양하시려 구요?"

"고양이가 두 놈 다 수놈들인데, 괜찮으시겠어요?"

"괜찮고 말구가? 거기가 어디쯤 되시나요?"

"아니예요 제가 고양이를 데리고 갈게요, 주소를 알려주세요."

"제가 가겠습니다. 주소를 문자에 찍어주세요."

"그러시면 제가 주소를 보내드리겠습니다. 합정동 부근이예요."

잠시 후 핸드폰에 문자가 왔다.

마포구 합정동에 위치한 마포주민센타 부근 디자인 연구소라고 주소가 찍혀있었다.

주소가 뜨자 곧바로 차를 몰고 강북도로를 타고 단숨에 달려갔다.

현지에 도착해서 차에서 내려 전화를 했다.

"도착했는데요!"

"벌써 도착하셨어요? 잠시만… 제가 밖으로 나가겠습니다."

부근에 파란 철대 문을 열고 젊은 여성이 문 밖으로 나와 두리번거린다.

"전화 한 사람입니다. 안녕하세요. 사무실이 바로 여기에 있었군요."

"네, 안녕하세요. 마침 고양이를 잘 키우실 분을 찾고 있던 차에…. 일단 사무실로 올라가시죠."

마침 그곳에 편의점이 있어 음료수 몇 병 사가지고 올라갈 양으로 그 여성을 사무실로 올려 보내 놓고 곧바로 편의점으로 가서 음료수와 간식 등을 사가지고 사무실로 올라갔다.

그곳은 디자인 연구소라는 간판을 붙여놓고 각종 신문 디자인 잡지표지 디자인 등 어린이용 출판도 하고 있었다.

사무실에는 마중 나왔던 여성 외에 서너 명의 여직원들이 더 있었다.

안내한 쇼파에 앉자 여성들이 하던 일을 중단하고 분양해 갈 사람을 보기 위해 주변에 빙 둘러앉아 바라본다.

이때 어디서 나타났는지 누렁이 고양이가 한 마리 나타나서 주변을 서성거린다.

"이 고양입니까, 분양할 고양이가…?"

"네, 고놈도 분양할 고양이예요. 또 한마라 있어요. 같은 형제인데 누렁이는 한 보름쯤 지나야 가져가실 수 있어요. 아직 병원에서 치료중이거든요."

"아 그럼 먼저 전화로 이빨 치료하고 있다는 얘가 바로 이 녀석이군요?"

"네, 그래요. 이놈은 낯을 안 가려서 누구하고도 금방 친해질 수 있는데 오늘 분양받을 고양이는 등은 검둥인데 코 부분부터는 배쪽까지 모두가 하얗게 털이 나있어 예쁜데 낯을 무척 가리는 편이예요.

누가 사무실에 왔다하면 무서워서 어디로 숨고 나오질 않아요. 지금도 선생님이 오시니까 방금 숨어버렸어요. 어디론가…."

"하 고놈 좀 보게, 친해지려면 얼마나 걸릴까…?"

"한 이주…. 여하튼 친해지려면 보름은 잡아야 할 거예요. 쉽게 친해지지 않을 거예요."

"그럼 우리 집 가서 풀어 놓으면 당장 어딘가에 숨어버리고 말 것이라는 거죠?"

"안 봐도 제가 그 애의 습성을 잘 알아서 아마도 한동안 숨어서 안 나올걸요."

"그럼 느긋하게 기다리는 수밖에 없겠네."

"그리셔야 할 거예요."

고양이의 양 엄마격인 그 여인은 건너편 사무실로 가서 숨어있는 고놈을 찾아 거실로 나왔다.

거실에는 고양이 야외용 철가방이 놓여있었다.

고양이를 철가방 안으로 가두기만 하면 된다.

여인은 놈이 좋아하는 고기류를 철가방 깊숙이 넣고 유인책을 섰다.

놈이 비릿한 생선냄새가 나는 철가방 안에 머리를 박고 음식을 탐색했다.

여인은 이때다 싶은지 놈의 엉덩이를 철가방 안으로 힘주어 밀어 넣었다. 놈이 반항할 틈도 없이 순식간에 철가방안에 가치고 말았다.

놈은 그때서야 먹이도 뒤로한 채 자신이 철가방안에 가친 것을 인식하고 계속 야옹대기 시작했다.

고양이는 이때 스트레이스를 제일 많이 받는다고 한다.

나는 더 이상 지체할 필요 없이 놈이 들어있는 철가방을 들고 밖으로 나왔다.

여인은 뒤따라 나오며 놈의 사료 등 장난감을 챙겨가지고 나왔다.

간단한 인사를 나누고 노인은 놈의 양 할아버지가 되어 승용차 운전대 옆자리에 철가방을 옮겨 놓고 운전대를 잡았다.

"잘 키워 보세요!"

여인은 놈을 양자로 주었으니 잘 키워보라는 말로 인사를 대신하고 노인은 곧 그곳을 떠나 방배동 집으로 돌아왔다.

집 문을 열고 방으로 들어가 철가방 안에 들어있는 놈을 풀어주었다.

노인이 놈을 풀어주자 놈은 재빠르게 도망쳐 집안 어디론가 숨어버렸다.

여기저기 놈이 숨어있을 만한 곳을 찾아보았지만 순식간에 숨어버리고 말아 도대체 놈이 어디에 숨어버렸는지 알 길이 없었다.

'집안 어딘가에 숨어있겠지!' 하고 우선 놈이 먹을 사료, 장난감, 화장실 박스 등을 집안 한곳에 정리해 놓았다.

배가 고플 것 같아 놈의 밥그릇에 사료를 한주먹 담아 방안 한곳에 갖다 놨다.

놈과 친해지려면 좀 더 느긋하게 기다리는 수밖에….

저녁을 먹고 거실에서 TV를 켜 뉴스나 오락프로를 보면서 혹시 놈이 나타나지 않을까 기대해 보았으나 역시 감감 무소식이다.

'배가 고프면 기어 나오겠지…!'

노인은 시침이 밤 10시가 되어 뉴스를 잠시 보다가 건너 방 침실로 가 이불속을 파고들었다.

이리 뒤 척 저리 뒤 척, 나이가 먹으면 잠이 안 온다. 결국 수면 유도제를 먹고 나서야 겨우 잠이 들었다.

이른 새벽에 일어나 놈의 밥그릇이 궁금해 가 봤더니 놈이 사료를 깨끗이 먹어치웠다.

따끈한 커피 한 잔 마시고 담배를 피우기 위해 밖으로 나갔다.

동네 노인정에 불이 들어와 있었다. 누군가 벌써 문을 열고 청소를 하고 있는 모양이다.

앞집 화가 고세일화백이 노인정을 청소하고 있었다.

노인은 고 화백에게 보루박스로 고양이 집을 지어줄 것을 부탁 했다. 고양이가 보루박스 집을 선호하고 있기 때문이다.

보루박스 고양이 집은 고양이들에게는 아늑하고 좋은 모양이다. 노인은 놈과 함께 살아가기 위해서는 놈이 살만한 집안 분위기 조성과 설치 등에 주력하기로 마음먹고 하나, 하나 준비해 나가기로 했다.

고양이들은 높은 곳을 점프하는 습성이 있어 3층 탑 같은 놀이기구가 있으면 좋겠다는 생각에 인터넷을 검색해 보니 20만 원대의 고양이놀이기구 탑을 판매하고 있어 곧바로 주문해 놓았다.

놈이 온지도 일주일 지나고 있다. 검은 털에 흰털이 코에서 턱밑으로 미끄러지듯이 뱃가죽 전체가 흰털로 감싼 고양이.

놈은 이제 한 가족으로 살아가야 할 놈이지만 얼굴 본지가 한참인 듯 지루하게 느껴졌다.

놈이 나와 친해지려면 지루함을 참고 스스로 다가오기를 기다리는 수밖에 도리가 없다.

이렇게 하루하루 지나가고 노인은 매일 놈이 먹을 음식을 에어컨 부근에 갖다놓았다. 노인이 외출했다 돌아오면 놈의 밥그릇이 깨끗하게 비워져 있었다. 숨어서 지내도 먹을 것은 챙겨서 먹고 있는 것이다. 놈이 노인을 무서워 하지만 음식을 먹을 때마다 조금씩 친해지리라고 노인은 생각했다.

노인은 끊임없이 노인이 직접 지어준 놈의 이름을 불렀다.

고 봉식. 놈의 이름이다.

고양이 고 씨에 이름은 봉식. 고봉식.

노인은 서봉석이라는 친구 이름이 좋아서 그 친구 이름에서 따온 것이다. 이름을 짓고 보니 그럴 듯 해 '봉식'이라고 확정했다.

노인은 집에 있을 때는 봉식아! 봉식아! 하고 놈을 불렀다.

놈도 처음에는 봉식이가 자신의 이름인지는 몰라도 자꾸 이름을 부르게 되면 놈도 차츰 봉식이가 저를 부르는 제 이름인 것을 자각할 것이라고 생각해 수시로 봉식이를 불렀다.

그렇게 지내기를 약 보름이 지난 어느 날 드디어 놈이 에어컨 뒤에서 기어 나왔다.

조심스럽게 기어 나온 봉식이는 안락의자에 앉아 TV를 보고 있는 내 모습을 한동안 바라보더니 또 조심스럽게 나에게 다가왔다. 봉식이가 나에게 다가오자 노인은 반가움에 봉식이를 안고 싶은 충동에 양 손을 벌리는 순간 봉식이는 순식간에 도망쳐 에어컨 뒤로 숨어버리고 말았다.

아쉬웠지만 하는 수 없었다. 다잡은 귀한 보물을 한 순간에 놓쳐버린 기분이 들었지만 어쩔 수 없었다.

다음에 봉식이가 에어컨 뒤에서 나타나면 그때는 자연스럽게 시침이 떼고 가만히 동태만 살펴보고 있어야겠다는 생각을 했다. 노인은 이렇게 봉식이와 친해져 가족이 된다는 것도 그렇게 만만한 것은 아니구나 라고 생각했다.

인간과 동물 간에 상대적이고 이질적으로서 당장 가족으로 맺어진다는 것은 어려운 것이다.

가만히 생각해보면 봉식이 처지나 내 처지가 형태는 다르지만 외롭고 고독한 것은 같은 처지이다.

외롭고 고독해서 봉식이를 양자로 맞아드린 것이고 봉식이 역시 분양자를 만나서 살아야 하는 운명을 타고 나 이렇게 힘든 시련을 겪고 있는 것이다.

그 다음 날 봉식이는 숨어 지냈던 에어컨 뒤에서 다시 기어나왔다.TV를 보고 있는 노인을 한동안 바라보더니 조심스레 노인 곁으로 다가왔다.

노인은 아무렇지도 않은 듯 시침이 떼고 봉식이가 어떻게 행동할 것인가만 기다리고 있었다.

이때 봉식이가 슬금슬금 노인 곁으로 와서 의자에 올려놓은 노인의 손에 침을 묻히며 입맞춤을 했다.

노인은 이때다 싶어 봉식의 머리를 부드럽게 쓰다듬어 주며
"봉식이구나!"

하며 몸 전체를 쓰다듬어 주니 봉식이는 벌렁 드러누어 자신의 배를 들어냈다.

동물들은 상대방 있는데서 벌렁 드러누우면 항복하겠다는 표시라고 한다.

놈이 결국 노인에게 항복을 표시했다.

노인은 정복자나 되는 것처럼 봉식이를 가슴에 안고 몸 전체를 쓰다듬어 주었다.

봉식이도 기분이 좋은 모양이다. 노인은 봉식이에게 보너스로 고기 통조림을 밥그릇에 덜어주었다.

그날 이후 봉식이와 노인은 급격히 친해졌다.

노인이 외출했다가 집에 돌아오면 봉식이는 문 앞에 앉아서 노인을 맞이하고는 반갑다는 표시로 노인의 손에 키스를 했다. 그리고는 그동안 기다리기 지루했는지 앞다리와 뒷다리를 쭉 벋치고는 기지개를 편다.

하기야 이집에서는 봉식이와 노인 둘뿐이라 봉식이 입장에서 보면 온종일 혼자만 있어 같이 놀아줄 사람이 필요했으리라….

동물과 사람 사이에 친분을 쌓고 정이 깊어질수록 의사표시가 중요한데 그러기 위해서는 봉식이도 나도 상대방의 의사를 파악하고 확인하는 길 밖에 다른 방법이 없다고 노인은 생각했다. 말과 행동을 통해서 의사전달을 해야 하기 때문에 "먹어, 이젠 자자, 기다려, 안돼!" 등 간단한 용어를 되풀이해서 들려주는 수밖에 없다.

노인은 봉식이를 닮아가야 하고 또 봉식이는 노인을 닮아가야 한다고 노인은 생각하고 있었다.

그렇게 해서 우리는 한 가족으로 거듭나게 되는 것이다.

봉식이는 하루 종일 잠만 자는 것 같다. 고양이들은 하루 20시간을 잔다고 한다. 계속 잠만 자는 것이 아니라 깨어서 놀다 자고는 한다. 그래서 깨어있는 시간은 4시간에 불과하다.

고양이들은 원래 청결하기 때문에 수시로 자신의 혀로 털을 닦는다. 시간만 있으면 발이고 등이고 간에 깔깔한 혓바닥으로 털을 닦는다. 모욕할 필요가 없는 것이다.

대변도 모래에다 싸고 그 흔적을 없애기 위에 모래를 덮어 버리기 때문에 대소변을 한 흔적이 없다.

봉식이는 노인이 집안일을 하기 위해 분주히 움직이면 저를 알아달라는 듯 노인의 발밑에 와서 몸을 비벼댄다.

그리고는 발랑 드러누어 애교를 부린다. 이럴 때는 아주 귀엽다. 함께 안 놀아줄 수가 없는 것이다.

노인은 봉식이와 함께 생활하면서 외롭고 고독함도 어느 정도는 덜어진 것을 느낄 수 있다. 또 생활에 활기가 뛰었다.

비록 동물이지만 서로 의지하고 정과 사랑을 나누니 이 모든 것에 혜택이 돌아온다는 것도 실감이 같다.

합정동에서 연락이 왔다.

봉식이 동생 봉석이가 이빨 치료를 마쳤으니 마저 데리고 가라는 전갈이었다. 봉석이가 집에 오면 혼자 있는 봉식이는 한결 외롭지 않을 것 같았다.

둘이 형제지간이라 함께 놀고 하면 봉식이 혼자 집에다 남겨놓고 나온 노인의 마음이 한결 가벼워질 것 같았다.

노인은 연락을 받고 다음날 틈을 내어 합정동으로 갔다.

"얘는 봉식이 보다는 빨리 선생님 집에 적응할거예요. 워낙에 사람을 잘 따르고 붙임성도 있고 해서 금방 친해질 겁니다."

"그럼 얘는 봉식이처럼 숨어서 나오지 않거나 그러지는 않겠지요?"

"얘도 한 하루나 이틀간은 숨어 있을 거예요. 얘들은 분양자가 바뀌거나 환경에 변화가 오면 처음에는 낯설고 무섭고 해서 자신의 몸을 보호하기 위해 숨어서 동태를 살피는 습성이 있어요. 그러다가 안심해도 된다는 제 나름의 판단이 서면 그때부터 나와서 생활하게 되지요. 봉석이는 봉식이처럼 오랫동안 숨어서 지내지는 않을 겁니다. 얘는 성질이 털털하고 급해서 금방 친해질 거예요.”

분양자가 평소 봉석이가 사용하던 장난감, 사료, 고양이들이 좋아하는 생선 통조림 등 몇가지를 챙겨주어 노인은 봉석이와 함께 차에 싫고 방배동 집으로 돌아왔다.

봉식이는 자기의 동생 석이를 보자 반가워했다. 두 녀석들은 오랜만에 만나 서로 털을 핥아주며 반가움을 표시했다.

노인은 이렇게 해서 두 마리의 고양이를 가족으로 두게 되었다.

10평 남짓한 집에 작은 거실과 침실, 부엌 등이 있는 집안에 3식구가 살기에는 그리 복잡하지는 않을 것 같다는 생각이 들었다. 고양이들은 체구가 작아 사람들처럼 붐비지도 않고 고양이는 시끄럽지 않은 동물이라 조용하게 생활 할 수 있겠다싶었다.

아나나 다를까 봉석이 녀석도 형 봉식이와의 털 닦아주기 상면식이 끝나고 노인이 주차장에 차를 주차해 놓고 집안 거실로 들어서자 곧바로 구석에 있는 에어컨 뒤로 숨어버렸다.

에어컨 뒤가 고양이들이 숨기에는 안성마침인 모양이다. 툭하면 거기가 숨게….

노인은 다음 날 저녁 저녁을 먹고 나서 TV를 보며 봉식이와 장난을 하며 즐거운 시간을 보내고 있는데 봉석이가 에어컨 뒤에서 나타났다. 봉석이는 TV 받침대 밑으로 나와 노인과 형 봉식이가 다정하게 놀고 있는 것을 한동안 바라보고 있었다. 노인은 일부러 봉석이가 보라는 듯 봉식이의 머리를 쓰다듬고 턱도 쓸어주어 봉식이를 사랑하고 있는 나의 모습을 보여줬다.

봉석이는 에어컨 뒤로 숨을 생각을 안 하고 한참동안 그 자리에 앉아 이 모습을 보고 있더니 조심스럽게 노인에게 다가갔다.

봉석이가 노인에게 다가가자 노인은 손을 내밀어 봉석이 입가에 같다대자 봉석이는 노인의 손에 침을 무치며 손가락에 입맞춤을 했다.

그리고는 발랑 들어 누어 애교를 부린다.

노인에게 항복표시를 전달하는 행위이다.

노인은 봉석이에 대한 정복자나 되는 것처럼 봉석이에게 아량을 베풀어 봉석이의 털을 쓰다듬어 주었다.

정복자의 품에서 털 쓰다듬을 동안 눈을 감고 즐기고 있던 봉석이는 칼칼한 자신의 혀로 노인의 손을 닦아줬다.

우리 함께 친해보자는 뜻이었다.

이렇게 해서 봉석이도 에어컨 생활을 마감하고 집안으로 나와 생활하게 되었다.

노인이 봉석이를 관찰해보니 봉석이란 놈은 봉식이와는 다르게 모험심도 강하고 욕심도 있어보였다.

봉석이의 형벌 되는 봉식이는 봉석이가 자신의 친동생이라고 틈만 나면 봉석이의 털을 닦아줬다.

봉석이란 놈은 형한테 받을 줄만 알았지 줄줄은 모르는 것 같았다. 밥그릇이 따로따로 있어 노오란 프라스틱 봉식이 밥그릇에 밥을 주면 봉석이란 놈이 냉큼 다가가 그 밥그릇에 입을 같다 대고 먹기 시작한다.

노인이 "네 밥그릇은 저기 있잖아 이건 형 거야!"라고 해도 듣는 둥 마는 둥 먹기에 여념이 없다. 노인은 하는 수 없이 봉석이 밥그릇 빨간 프라스틱 밥그릇에 봉식이의 밥을 주었다.

거실 한 구석에 고양이들의 놀이기구인 3층탑에도 봉석이는 곧잘 오르내리고 했다. 형 봉식이는 탑에 오르락내리락 하면서 그렇게 놀고 있는 동생이 부러운지 쳐다 보기만 하고 있을 뿐이다.

형 봉식이는 아직도 놀이기구 탑에는 오르지 못하고 있다. 겨우 올라봐야 일층만 올라갔다. 곧바로 내려온다.

어떤 때는 봉석이가 보이지 않아 찾다보면 놀이기구 3층 꼭대기 푹신한 바닥에 배를 깔고 누어서는 노인을 내려다보고 있었다.

그리고는 "야옹!" 소리를 낸다. 그럴 땐 꼭 "여기 있지"하고 노인을 놀리는 것만 같다.

봉석이란 놈은 집안 구석구석 안 다니는데도 없다. 자신의 영역을 넓게 잡아놓고 왼 종일 쏘다니다 잠이 오면 아무대서나 퍼질러 잠을 잔다.

소심한 봉식이는 얌전 그 자체이다. 매사에 신중하고 조심스럽게 행동한다. 먹을 것을 줘도 처음 보는 음식이면 동생 봉석이는 이 음식을 먹고 해로운 것인지 이로운 것인지 또 상한 음식인지 확인도 안 하고 무작정 먹어치우지만 형 봉식이는 동생과 다르게 조심스럽게 다가가 냄새를 맡아보고 한동안 관찰해보고 나서 먹는다.

봉석이가 가족으로 합세하면서 노인의 집은 활기가 넘쳤다.

노인이 우울증이 심했는데 봉식, 석이와 함께 생활하면서 차츰 좋아지더니 이제는 거의 완쾌되다시피 정상으로 돌아와 평소처럼 명랑해졌다.

이렇게 생활한지도 어느덧 3개월이 지나고 있다.

노인은 자신의 아버님과 어머님의 길일이 찾아와 저녁에 음식준비를 했다. 노인환자서 음식을 만들려니 할 줄을 몰라 밥과 무에 소고기를 곁들인 국을 끓여 제상에 올려놓고 몇 가지 나물만 준비해 놓았다.

제상에 소주를 따라 아버님과 어머님께 올리고 큰 절 삼세 번 올리고 의자에 앉아 있자니 갑자기 슬픈 감정이 복 바쳐 눈물이 흘러나왔다.

하늘나라로 떠난 집사람이 살아 있었더라면 정성껏 제상을 차려 부모님께 올렸을 텐데 노인 혼자서 제사를 지내자니 이 것저것 부실한 것이 많은 것 같아 갑자기 서글픈 생각에 눈물을 흘렸던 것이다.

이 모습을 가만이 바라보고 있던 식이와 석이가 노인의 심정을 알았는지 껑충 뛰어 노인의 가슴에 안겼다.

그리고는 눈물을 흘리고 있는 노인의 얼굴을 한동안 빤히 쳐다보고 있더니 식이가 먼저 몸을 일으켜 노인의 왼쪽 눈물과 볼을 닦았고 석이도 자신의 몸을 일으켜 노인의 한쪽 볼과 눈물을 닦았다.

이런 것을 가만히 내버려두고 있던 노인이

"어허 이놈들 보게 내 눈물을 닦네. 거참…! 그래, 그래 이런게 가족이지. 이젠 우리들은 진짜 가족이 되었구나! 가족이 되었어"

노인은 몇 번이고 가족이란 말을 되풀이 하고 있었다.

저자와 협약에 의해 인지를 생략합니다.

오! 마이 갓

초판인쇄 2021년 1월 5일
초판발행 2021년 1월 15일

지은이 / 최 청
펴낸이 / 연규석
펴낸곳 / 도서출판 고글

서울시 용산구 한강로2가 144-2
등록 / 1990년 11월 7일(제302-000049호)
전화 / (02)794-4490, (031)873-7077

값 20,000원

*잘못된 책은 판매처에서 교환해 드립니다.